海外小説 永遠の本棚

ドン・イシドロ・パロディ 六つの難事件

ホルヘ・ルイス・ボルヘス
アドルフォ・ビオイ=カサーレス

木村榮一＝訳

白水uブックス

SEIS PROBLEMAS PARA DON ISIDRO PARODI

Jorge Luis Borges y Adolfo Bioy-Casares

(H. Bustos Domecq)

1942

目次

ドン・イシドロ・パロディ　六つの難事件

本作品の原書は、
一九四二年の刊行当初
J・L・ボルヘスとA・ビオイ＝カサーレスの
合作者としてのペンネーム
（H・ブストス＝ドメック）で発表された

H・ブストス＝ドメック

教育者アデルマ・バドーリョ嬢の書いたこの作家の輪郭を以下に書き写しておく。

「オノリオ・ブストス＝ドメック博士は一八九三年、プハート（サンタ・フェ州）に生まれた。興味深い初等教育を受けた後、家族とともにブエノスアイレスのシカゴ地区に引っ越した。一九〇七年、ロサリオの新聞のコラムが、著者の年齢に違和感を抱くことなく、詩神《ミューズ》たちの慎ましやかな友人である彼がはじめて書いた文章を掲載した。「見栄っ張りな女たち《バニータス》」、「進歩の歩み」、「青と白の祖国」、「彼女へ」、「夜想曲」がその頃の作品である。一九一五年、バレアル・センターで選ばれた聴衆を前に「ホルヘ・マンリーケ[1]の『父ドン・ロドリーゴの死に寄せる挽歌』へのオード」を朗読し、このすぐれた作品によって束の間ではあったが盛名を得た。同年に発表した『都会人よ！』は長く読み継がれたが、著者の若さと、知的とは言えない時代風潮のせいでフラ

1　ホルヘ・マンリーケ（一四四〇?―七九）。地上的な生のはかなさをうたった十五世紀スペインを代表する詩人。代表作はここに挙げた『父ドン・ロドリーゴの死に寄せる挽歌』。

ンス語風の言い回しを用いていることが瑕疵になっている。一九一九年、記念詩『蜃気楼《ファタ・モルガナ》』を出版するが、末尾の連は『もっとちゃんと話そう』（一九三二）や『書物と紙のあいだで』（一九三四）にうかがえる力強い散文作家の誕生を予告している。ラブルーナ[1]の介入があった頃に、最初、視学官に、次いで貧窮者のカウンセラーに任命された。心安らぐ家庭を離れて過酷な現実と向き合ったことが作品を生み出すうえでこの上ない経験となった。当時の作品としては以下のものが挙げられる。『アルゼンチンの宣伝機関：聖体大会』[2]、『ドン・チチョ・グランデ[3]の生と死』（ロサリオ教育監督局認定）、『ぼくは字が読める』、『サンタ・フェ州の独立軍への貢献』、『新しい星々：アソリン[4]、ガブリエル・ミロー[5]、ボンテンペッリ[6]』。彼は探偵小説において多面的で豊饒な作家として新たな水脈を見出すことになった。それまでサー・アーサー・コナン・ドイル、オットリンギ[7]などのせいで、このジャンルが陥っていた冷ややかで主知主義的な傾向に対して、彼は戦いを挑んできた。作者が愛情をこめて『プハートの物語』と呼んでいるのは、象牙の塔に閉じ込もったビザンチン人の作る巧緻をきわめた金糸細工ではない。それらは人間の脈動に耳を澄まし、あふれ出る真実を筆に任せて書き綴る現代人の声なのである。」

1　アンヘル・アマデオ・ラブルーナ（一九一八―八三）。二十世紀中盤に活躍したアルゼンチンの有名なサッカー選手。「ラブルーナの介入」がどういう意味か判然としないが、この時代のラジオ放送や新聞報道に携わるアナウンサーやジャーナリストは、ひとひねりした言い回しを用いる傾向があり、それをもとにこのような表現を用いていると考えられる。

2　カトリック教会が四年ごとに開催する大会で、主にイエス・キリストの聖体を研究する。

3　ドン・チチョ・グランデ（一八九二―一九四三）。イタリアで生まれ、十歳の時にアルゼンチンに移住。アルゼンチンでマフィアのボスに収まるが、その後イタリアに帰国して亡くなった。

4　アソリン（一八七三―一九六七）。スペインの「九八年代」と呼ばれる世代の代表的な作家のひとり。

5　ガブリエル・ミロー（一八七九―一九三〇）。繊細優美な文体で光と色彩にあふれる地方の風景を描いたスペインの作家。

6　マッシモ・ボンテンペッリ（一八七八―一九六〇）。イタリアの作家。内容、形式において伝統を打破した新文学〈ノヴェチエンティズモ〉の提唱者。

7　ロドリゲス・オットリンギ（一八六一―一九三七）。アメリカ探偵小説最初期の作家。私立探偵バーンズと素人探偵ミッチェルのコンビが活躍する短編集『決定的証拠』（一八九八）の作者として知られる。

序　文

よろしい！　そうしましょう。私自身をさらけ出します。
しかし、そのためには力を合わせなければなりません。
紅茶はけっこうです。かわりに葉巻を一服やらせていただきます。

ロバート・ブラウニング

文学者《オム・ド・レトル》の特異な気質は宿命的でまことに興味深いものがある。文芸の町ブエノスアイレスはこれまで私が言明した決意をまだ忘れてはいないだろうし、包み隠さず言わせてもらえばこれから先も忘れることはないだろう。その決意とは、たとえ筋の通ったものであっても、つまり断るわけにいかない友人からの依頼、あるいは取り上げてしかるべきすぐれた作品であったとしても、決して序文は書かないという強い決意のことである。しかしながら、相手がソクラテスを思わせる〈キモカワ男《ビチョ・フェオ》〉*となると断り切れないことは認めざるを得ない。これればかりはどうしようもない。何しろ相手は煮ても焼いても食えない人物なのだ！　ワッハッハッと高笑いしてこちらの気持ちを萎えさせ、まったく君の言うとおりだよと受け流すと、つい釣り込まれそうになる笑い声をあげながら、貴兄とは長い付き合いだろう、だから今回ぼくが書いた本にどうしても貴兄の序文がほしいんだと言いだしたのだ。いくらいやだと言っても、聞き入れてくれない。私は仕方なく《ド・ゲール・ラーセ》矛を収めると、何度となく未知の世界に逃走する際の共犯者になってくれた、無口な親友レミントンの前に腰を下ろす羽目になる。

　このところ銀行、証券取引所、それに競馬場《ターフ》からうるさく督促されているが、だからと言って私がプルマン式車両[1]のアームチェアに腰をおろすなり、温泉地で疑り深い顧客として暖かい泥浴を楽しむなりしながら、探偵小説《ロマン・ポリシエ》に描かれている血も凍るような残酷な事件の物語を読んだりする妨げにはならない。しかしはっきり申し上げておくが、私は決して流行に振り回されているのではない。これ以上ないほど孤独な自分の寝室では、才知あふれるシャーロック・ホームズを後回しにして、ゼウスの末裔で、ラエルテスの息子である放浪者オデュッセウスの永遠に古びることのない物語を夜ごと読んでいる……。しかし、地中海の厳格な叙事詩を崇拝する人間はどの庭園でも花の蜜を吸うものである。ムッシュ・ルコック[2]に触発されて、私はほこりまみれの関係書類をひっかきまわした。広壮な田舎屋敷で耳をそばだてて怪盗紳士[3]のかすかな足音を聞き取ろうとし、イギリスらしい霧に包まれた[4]ダートムアのぞっとするような沼沢地の中で光を発する巨大なマスティフ犬にむさぼり食われた。これ以上つづけるのは悪趣味というものだろう。読者は私の経歴を知っている。私はかつてボイオーティア[5]にもいたことがある。

この文集《ルクーユ》の重要な指針について実りある分析を行う前に、読者のお許しをいただいて、文学……犯罪文学の作品を集めたグレヴァン美術館[6]の中に、ついにアルゼンチン人のヒーローが、それもどう見てもアルゼンチン的な状況設定のもとに姿を現したことを喜びたい。かぐわしいタバコを二口ばかりふかし、抗しがたいコニャックのプリメル・インペリオをそばに置き、アングロサクソン人の、つまり外国人の厳しい決まりごとに従うことのない探偵小説を味わうことで得難

＊〔原注〕〈ビチョ・フェオ〉は親しい友人たちのあいだで、H・ブストス＝ドメックに対して使われている愛称。〔訳注＝原語 bicho の意味は、「ぞっとするような虫、あるいは醜い小動物」を指す、そこには見た目は気味が悪いが、どこかかわいいところがある、という意味も込められている〕

1 寝台付きの豪華な特別列車。

2 フランスの作家エミール・ガボリオ（一八三二―七三）の探偵小説に登場する探偵。主人公は現場で集めた証拠物件を科学的に分析して、真相を究明してゆく。

3 フランスの作家モーリス・ルブラン（一八六四―一九四一）が創造した人物アルセーヌ・ルパンを指す。

4 イギリスの作家アーサー・コナン・ドイルの小説『バスカヴィル家の犬』を参照。

5 前六世紀ごろのギリシアの女性詩人コリンナがこの地の神話、伝説をうたったことで知られるアテネの北にある歴史ある土地。

6 パリ蝋人形館のこと。一八八二年開業。有名人や歴史上の出来事の蝋人形を展示し、パリの名所となっている。

い喜びを覚えた。この小説は信頼の置けるクライム・クラブ叢書[1]が目の肥えたロンドンの愛好家《アマトゥール》に勧める最上の小説と比べても引けを取らないとためらうことなく断言できる。小声で付け加えておくと、われわれの作家は地方出身であるにもかかわらず、地方主義的な偏狭な考えにとらわれることなく、エッチングの自然な額縁として賢明にもブエノスアイレスを選んでいるが、ブエノスアイレス出身の私はそのことをひそかに喜んでいる。ロサリオ出身の信用ならない放蕩者の〈太鼓腹《パンソン》〉に背を向けたわれらが人気者〈キモカワ男《ビチョ・フェオ》〉の心意気と趣味のよさに拍手をせずにはいられないだろう。しかし、独特のタッチで首都を描いたこの本に欠けているものが二つあり、それをこれから書く作品にぜひ付け加えていただきたい。貪欲な目を光らせているショーウィンドーの前を美しく着飾った人々が通り過ぎてゆく、絹のように女性的なフロリダ街がそのひとつで、もうひとつはどこかもの悲しい感じのするボカ地区[2]である。夜遅くまで店を開けているあのあたりのカフェがその金属製のまぶたを閉じてドックのそばでまどろんだあとも、アコーデオンだけは暗闇の中で仄暗い星座に挨拶を送っている……。

ここで『ドン・イシドロ・パロディ　六つの難事件』の作者の、もっとも重要かつ意味深い特徴を図式化しておくと、それは簡潔さ、休まずに一気に語る技法《ブリュレ・レゼタップ》である。H・ブストス゠ドメックはつねに読者に奉仕する作家である。彼の作品には無視していい地図はもちろん、取り違えても気にすることのない時刻表も存在しない。作者はいたるところに袋小路を用意している。悲壮感を漂わせるエドガー・ポー[3]、凝りすぎるきらいのあるM・P・シール[4]、そしてバロネス・オルツィ[5]、彼らの伝統を継承しつつ新たによみがえらせたこの作家は、謎の提起とその鮮やかな解明という重要な瞬間へと導くために細心の注意を払っている。まず最初、老若を問わず自分たちを困惑させている謎を打ち明ける。そのあと、驚くような解答を耳にする。作者は凝縮された芸術的技巧を用いて多面的な顔を持つ現実をすっきり整理し、ほかでもないパロディの額に月桂冠を授けることになる。さほど明敏でない読者でも、退屈きわまりない余計な尋問が意図的に省略され、正体に触れないい方がいい紳士が口にする機知に富んだ鋭い洞察が何カ所か無意識に省略してあることに気づいてニヤリとされるだろう。

1　英国コリンズ社が一九三〇年に創刊したミステリ叢書。「専門家が選んだ優れた探偵小説」を読者に届けることを謳い、アガサ・クリスティーなどの人気作家を擁して二千点を超える一大叢書となった。

2　ブエノスアイレスの南にある地区で、タンゴ発祥の地として知られるが、一方で治安があまりよくないことでも有名。

3　エドガー・アラン・ポー（一八〇九―四九）。探偵小説の歴史はこの作家の「モルグ街の殺人」にはじまるというのが定説。「マリー・ロジェの謎」では新聞記事の情報だけで謎を解明する。

4　M・P・シール（一八六五―一九四七）。イギリスの探偵小説作家。安楽椅子探偵の嚆矢とされる後出のプリンス・ザレスキーの生みの親。

5　バロネス・オルツィ（一八六五―一九四七）。イギリスの作家。コーヒーショップの片隅に腰を下ろして新聞で報じられる事件の謎を解く安楽椅子探偵「隅の老人」の作者。

作品を慎重に検討してみることにしよう。ここには六編の物語が収められている。正直に打ち明けると、私は「タデオ・リマルドの犠牲」に惹かれたが、この作品はドストエフスキー的で病的な人間心理の真摯な研究と、スリリングなプロットとが結びついたスラブ的な味わいの作品に仕上がっている。また、ヨーロッパ的な見かけと洗練された自己中心主義のまわりに、独自《スイ・ジェネリス》の世界が魅力的に描かれている。隠匿物という古典的なテーマをいかにも作者らしい手法で新たによみがえらせた「タイ・アンの長期にわたる探索」も捨てがたい。ポーが「盗まれた手紙」で先鞭をつけたこのテーマを、リン・ブロック[1]は『ダイヤの2』でパリを舞台にして、新たな装いのもとに扱っている。この作品は確かになかなかの出来だが、ただ剥製の犬がどうもいただけない。カーター・ディクスン[2]は集中暖房機のラジエーターに助けを求めたが、これは間違いだった……。「サンジャコモの先見」も見落とすことができない。非の打ちどころのない形で解明されるこの作品の謎は、紳士の言葉《パロール・ド・ジャンティ・ローム》で言うなら、探偵小説通の読者でも戸惑いを覚えるだろう。

さまざまな人物を巧みかつ魅力的に描くことが大作家の条件のひとつであることは言うまでもない。われわれの子供時代の日曜日をさまざまな幻想で彩ってくれたナポリ出身の素朴な人形使いが、その場しのぎのやり方で難問を解決してくれた。つまり、プルチネッラ[3]を脊椎湾曲症にし、ピエロには糊《のり》のきいたカラーをつけさせ、コロンビーナにはこの上なくいたずらっぽい笑みを浮かべさせ、アルレッキーノには……道化《アルレッキーノ》の衣装を着せた。H・ブストス＝ドメックも必要《ムタティ》な変更を加えて《ス・ムタンディス》同じようなやり方をしている。要するに、風刺漫画家のように太い線描を使っている。この種のジャンルでは避けようのないデフォルメは、人物の肉体的特徴をほとんど度外視して、彼らのしゃべり方を残酷なまでに面白おかしくデフォルメしている。自己抑制のできないこの風刺作家は、新大陸の郷土料理に塩をたっぷり利かせるように現代のさまざまな人物たちをパノラミックに描いている。そこには感受性のきわめて鋭いカトリック教徒の貴婦人、慎重さなどみじんも持ち合わせていないジャーナリスト、ポマードで頭髪を固め、ポロ競技に必要なポニーを所有していることで知られる、見るからに夜更かし屋らしい遊び人だが、どこか憎めない名家のプレイボーイ、文学的因習に凝り固まっていて、生身の人間というよりも修辞的混乱のごたま《パスティッ》ぜ《チオ》と言った方がいい、礼儀正しくて穏やかな話し方をする宮廷人のような中国人も登場する。また、パーティーであれば、それが精神的なものだろうが、肉体的なものだろうがお構いなく顔を出し、その一方でジョッキー・クラブの図書館に足を向けて学術書を紐解く、かと思えば同じ建

1　リン・ブロック（一八七七―一九四三）。アイルランド出身のイギリス作家。ゴア大佐を主人公にする探偵小説で知られる。

2　密室ミステリを数多く執筆したアメリカの探偵小説作家ジョン・ディクスン・カー（一九〇六―七七）の別名義。

3　プルチネッラからアルレッキーノまでは、イタリアの風刺劇コメディア・デラルテに登場する人物たちの名前。

物で催されるフェンシングの試合にも出場するといった芸術と情熱に取りつかれた紳士もいる……。社会学的現状分析において想定されるもっとも暗い予測と言えば、私なら迷うことなく〈現代アルゼンチン〉と名づけるフレスコ画に、馬に乗ったガウチョの姿が見当たらないことを挙げるが、彼らに代わってユダヤ人、イスラエル人が目につく。これはぞっとするほど生々しい形で実際に起きている現象を告発している……。われわれの〈町はずれに住むならず者〉のさっそうとした姿も同じようにカピティス・ディミヌティオ[1]を受けることになる。以前、忘れることのできないダンス・ホール〈ハンセン〉〈あの店でナイフをかわすために、われわれはアッパーカットでこたえるしかなかった〉でコルテス・イ・メディアルーナという曲に合わせて煽情的なステップを踏んでいたがっしりした体つきの混血の男は、現在トゥリオ・サバスターノと呼ばれているが、人並みすぐれた才能に恵まれながら今では下らないゴシップにうつつを抜かしている……。気持ちを萎えさせるこのような話からわれわれを救ってくれるのが、威勢のいい脇役パルド・サリバンだが、この人物の造形は、H・ブストス＝ドメックの文体の質の高さを物語るもう一つの証《あかし》となっている。

　しかし、すべてが花というわけではない。私の中に棲む高雅な趣味のアテネの審判官は、筆づかいは色鮮やかだが、あまりにも挿話が多すぎてうんざりさせられる、あれでは植物が繁りすぎてパルテノン[2]の鋭角的な線が覆い隠され、消し去られているような印象を受けるとさりげなく批判している……。

われわれの風刺作家がペンを手にすると、それはたちまち外科用のメスに変貌する。ところが、ドン・イシドロ・パロディが相手だと、メスの切っ先が鈍ってしまう。おかしな話だが、作者が中南米生まれのスペイン人の中でもっとも特筆すべき人物をわれわれに紹介すると、その描写はデル・カンポ[3]、エルナンデス[4]、そしてわれわれのフォークロアのギターから生まれたほかの至高の祭司たち[5]、中でも『マルティン・フィエロ』の作者が傑出しているが、こうした人たちがわれわれに残してくれた名だたる人物たちとともにその人物もまた聖なる席につくことになる。

犯罪捜査のワクワクする年代記の中で、最初の獄中探偵という栄誉がもたらされるのはドン・イシドロ・パロディである。しかし、嗅覚の鋭いことで知られる批評家であれば、いくつかの暗

1　ローマ法において、人の以前の地位と法的能力の全体的、あるいは部分的減少もしくは消滅を意味している。
2　ギリシアのアテネにある女神アテナの神殿。
3　スタニスラオ・デル・カンポ（一八三四―一八八〇）。アルゼンチンのカウボーイ（ガウチョ）の世界を描いた作家、詩人。
4　ホセ・エルナンデス（一八三四―一八八六）。ガウチョの世界を描いた叙事詩の傑作として知られる『マルティン・フィエロ』の作者。
5　ドールと呼ばれるガウチョの吟遊詩人。ギターを弾きながら聴衆の求めに応じて即興の歌をうたう放浪の歌手を指す。

示的なアプローチをするかもしれない。勲爵士オーギュスト・デュパン[1]はフォーブール・サン・ジェルマン街の部屋に夜遅くまで閉じこもって、モルグ街の悲劇の原因となった人騒がせな猿を捕らえた。宝石がオルゴールのそばにあり、取っ手が二つついている古代ギリシアの壺の近くには石棺が、翼のある牡牛の横には偶像があると言ったように、さまざまな贅沢品が並び、豪華な装飾を施した城に住むプリンス・ザレスキーは人里離れた隠棲所からロンドンで起こる難事件を解決していく。とりわけ《ノット・リースト》、マックス・カラドス[2]はどこへ行くにも盲目という携帯用の牢獄を持ち歩いている……。このようにあちこち動き回ることのない書斎派探偵、奇妙な部屋をめ《ヴォワイヤジュール・オト》ぐる旅人《ウール・ド・ラ・シャンブル》は、たとえ部分的ではあってもわれわれのパロディの登場を予告している。彼は、探偵文学の流れにおいておそらく避けて通れない人物である。アルゼンチン人が成し遂げた偉業であり、ここではっきり申し上げておかなくてはならないが、この人物が着想され、登場してきたのはカスティーリョ博士が大統領だった時代であると明言しておかなくてはならない。パロディが動きの取れない状態にあるというのは、知的象徴にほかならず、そのことが熱に浮かされたように意味もなく動き回る北米の探偵に対する痛烈きわまりない批判を意味している。仮借ないが鋭敏でもある精神の持ち主ならおそらく、こうした北米の探偵を寓話に出てくるあの名高いリスになぞらえるだろう……。

しかし、読者の顔にどこか苛立たし気な表情が浮かんでいるような気がしてならない。さて、お別れの時が来たようだ。さしあたり、差し迫った危険の兆候は理性的な会話よりも上位に位置している。ここまであなた方と一緒に歩んできたが、ここからはひとりでこの本と向き合っていただきたい。

ヘルバシオ・モンテネグロ
アルゼンチン文学翰林院
一九四二年十一月二十日、ブエノスアイレス

1　ポーが創造した世界文学史上最初の名探偵。
2　イギリスの作家アーネスト・ブラマ（一八六八―一九四二）が創造した盲目の探偵。

世界を支える十二宮

〔主要登場人物〕

イシドロ・パロディ――元理髪店店主。身に覚えのない殺人の罪で、二十一年の懲役刑を受け、獄中生活を続けている。全編を通じての主人公。

アキレス・モリナリ――午後だけ新聞社に出社している新聞記者。

アベンハルドウン――イスラム教ドゥルーズ派の幹部。

イセディン――ドゥルーズ派の経理係。

ユスフ――「鼻声でしゃべる男」の義理の兄。ドゥルーズ派の一員。

イブラヒム――ドゥルーズ派の一員。アベンハルドゥンの共同経営者。

ハリル――同じくドゥルーズ派の一員で、衛生設備会社のサブマネージャー。

ホセ・S・アルバレス[1]の思い出に

I

山羊座、水瓶座、魚座、牡羊座、牡牛座……とアキレス・モリナリは夢うつつで考えていた。そのあと、ふと不安に襲われた。すると、天秤座、蠍《さそり》座が見えた。自分がまちがえていたことに気づいて目を覚ますと、体が震えていた。

日差しで顔があたたかくなっていた。ナイト・テーブルにブリストル暦[2]と何枚かの宝くじがあ

1 ホセ・シクスト・アルバレス（一八五八―一九〇三）。アルゼンチンのジャーナリスト、物語作家。〈フライ・モチョ〉の筆名で数多くの短編を発表。十九世紀末アルゼンチンの世相、社会変化を浮き彫りにした。社会階層、職業など千差万別の人物の語りを巧みに描きわけ、ドラマチックな独白形式を開発した。

2 アメリカの医師サイリニアス・ブリストルが一八三一年に発刊した年鑑出版物。農事暦、月の満ち欠け、潮汐などの情報を満載。黄道十宮に基づくその年の星占い欄も人気を博した。

り、その上でチックタック社の目覚まし時計が十時二十分前を指していた。モリナリはいつものように星座の名前をくり返しながらベッドから起きあがると、窓越しに外をのぞいた。街角に見知らぬ男が立っていた。

彼は、さもわかっているよと言わんばかりに笑みを浮かべると、奥の部屋に入っていった。かみそりと刷毛《はけ》、黄色い石鹸のかけら、それに熱い湯の入っている大きなカップをもって戻ってきた。窓を大きく開くとわざと平気な顔をして見知らぬ男の方にちらっと目をやって、「印のついたカード」というタンゴの曲を口笛で吹きながらゆっくり髭を剃った。

十分後、彼は茶色のスーツを着て通りに出たが、ラブッフィ大英洋服店にはローンで買った服の支払いがまだ二カ月分残っていた。彼は街角まで歩いた。見知らぬ男は宝くじの当選番号を突然興味ありげに眺めはじめた。そういう見え透いたごまかしには慣れていたので、モリナリはウンベルト一世街の角に向かって歩きはじめた。バスがすぐにやってきたので、それに乗った。尾行者があとをつけやすいように、前の方の席に腰を下ろした。二、三ブロック進んだところでうしろを振り返ると、一目で尾行者とわかる黒メガネの男が新聞に目を通していた。ダウンタウンに着く前に、バスは満員になった。その気になれば見知らぬ男に気づかれずにバスを降りることもできたが、もっといい考えがあった。そのままパレルモ・ビアガーデンまでバスに乗り、降りてからはうしろを振り返ることなくノルテ街に向かうと、刑務所の塀に沿って歩いて正面入り口につづく庭園に入った。自分では冷静さを失っていないつもりだったが、警備員詰め所の手前で火をつけたばかりのタバコを投げ捨てた。その後、シャツ姿の看守とあたりさわりのない会話を交わし、当直のひとりに案内されて二七三号独房に向かった。

十四年前、肉屋のアグスティン・R・ボノリーノはイタリア人に扮装してベルグラーノ地区のパレードに参加したが、その時に炭酸水ビルッの瓶でこめかみを殴打されて致命傷を負った。瓶を振り回してボノリーノを昏倒させたのが、〈聖なる蹄《ひづめ》〉というならず者のグループに属している若者のひとりだということは知れわたっていた。しかし、〈聖なる蹄〉は選挙戦において欠かせない組織だったうえに、何人かの人間が、イシドロ・パロディはアナキスト（この言葉は変わり者という意味で使われていた）だと断定したので、警察は彼を犯人に仕立て上げることにしたのだ。実を言うと、イシドロ・パロディはそのどちらでもなかった。彼は市の南部で理髪店を営んでいたが、深く考えずに第十八分署に勤務していた事務員に部屋を貸した。その事務員が家賃を一年分滞納していたことが災いして、パロディは思わぬ不運に見舞われたのだ。証人（彼らは全員〈聖なる蹄〉のメンバーだった）が口をそろえてパロディが犯人だと証言したので、裁判官は二十一年の刑を宣告した。一九一九年に殺人罪で有罪の判決を受けて投獄されて以降、体を動かすことのない幽閉生活を送る羽目になった。牢の中で閉じこもりきりの生活を送ったせいで別人のようになっていた。今では頭を剃り上げ、重々しいしゃべり方をするでっぷり太った四十男になっていたが、その目は見るからに思慮深そうな光をたたえていた。そんな彼の目が今、若いモリナリに注がれていた。

「で、どのようなご用件でしょうか?」

その声は親しみがこもっているとは言えないが、面会人が来るのをいやがっていないことは見て取れた。今の彼はパロディの反応などどうでもいいので、なんでも相談に乗ってくれる信頼できる相手を必要としていた。パロディは青い容器で時間をかけてマテ茶をたてると、モリナリに勧めた。彼は自分の人生を一変させた取り消すことのできないあの事件について話したくて仕方なかったのだが、ここでイシドロ・パロディを急き立てても意味のないことはわかっていた。自分でもびっくりしたのだが、落ち着いた口調で競馬の話を持ち出して、誰が勝つのかわからないわけですから、あれは言ってみれば罠みたいなものですねと切り出した。ドン・イシドロはその話に乗ってこなかった。そして、イタリア人というのはどこにでももぐり込んできますが、この国の連邦刑務所も例外ではないんですからねとこぼした。

「現在、この国にはどこの馬の骨とも知れないあやしげな外国人が大勢拘留されているんですが、困ったことに見分けがつかないんですよ」

ナショナリストのきらいがあるモリナリはその言葉を受けて、自分もイタリア人とイスラム教徒のドゥルーズ派の連中にはうんざりしているんですと言ったが、国中に鉄道を敷設し、あちこちに冷凍庫を建設したイギリスの資本家には触れなかった。モリナリは、実は昨日も大型ピザ店ロス・インチャスに行ったんですが、そこでまず目に入ったのはイタリア人でしたよと言った。

「目にとまったのは、イタリア人の男性、それとも女性、どちらですか?」

「どちらでもありません」とモリナリはしれっとした顔で答えた。「ドン・イシドロ、実を言うと私は人をひとり殺してしまったんです」

「私も人を殺したと言われていますが、見ての通りこうして元気にやっていますから、心配なさることはありませんよ。ドゥルーズ派の事件はたしかに入り組んでいますが、第十八分署の事務員ににらまれてさえいなければ、罰せられることはありません」

モリナリは呆気にとられて彼の顔を見つめた。そのあと、自分の名前が出ている信用できない新聞――実を言うと、彼もコルドーネ紙という元気のいい新聞に貴族的なスポーツやサッカーに関する記事を書いていた――の中で、アベンハルドゥンの別荘で起こった謎の殺人事件と関連させて自分の名前が挙げられていたんですと打ち明けた。コルドーネ紙は言うまでもなくその手の下品な新聞とは一線を画していた。モリナリは、パロディが精神的な余裕を今も失っておらず、自身の聡明さに加えて副所長のグロンドーナの寛大な処遇のおかげで、新聞の夕刊を毎日隅から隅まで目を通していることを思い出した。その証拠に、ドン・イシドロは先日アベンハルドゥンが亡くなったことを知ったが、彼はモリナリにその時の経緯を話してもらえないか、ただ近年とみに耳が遠くなっているので、ゆっくりしゃべってほしいと頼んだ。モリナリは冷静に事件の顛末を次のように語った。

「実を言いますと、私は今風の若者、つまり現代っ子なんです。これまでそうして生きてきたんですが、一方で思索にふけることも好きです。私たちは唯物主義の時代をすでに乗り越えたと考えています。このあいだ聖体拝領の儀式と聖体会議に出席した大勢の群衆の姿を見て、忘れることのできない感銘を受けました。この前あなたがおっしゃった、謎は解明しなければならないという言葉は今も耳底に残っています。イスラム教やヨガの行者は、呼吸法や奇妙な修行を通してさまざまなことを学び取っています。私はカトリック教徒ですから、〈名誉と祖国降神術協会〉には入会しませんでした。ですが、イスラム教のドゥルーズ派の人たちというのは未来に目を向けている進歩的な集団で、日曜ごとにミサへ出かけて行く大勢の人たちよりも秘儀に近いところにいると思い込んでしまったんです。ところで、ドゥルーズ派のアベンハルドゥン博士はビーリャ・マッツィーニにすてきな別邸をもっておられて、そこにはすばらしい書斎がありました。私は植樹祭の日に、ラジオ局のフェニックス放送で博士と知り合ったのですが、その時博士は実に興味深い講演をされました。誰かが私の書いた記事を博士に送ったらしくて、いい記事だねと褒めてくださいました。そのあと、博士は私を家に招き、いろいろ考えさせられる本を貸してくれて、今度別荘でパーティーを開くのですが、よろしかったらおいでになりませんかと誘われたんです。パーティーには女性は参加しませんが、ひとつお約束できるのは文化的な交流の場になっていることで、それだけは明言できますとおっしゃいました。ドゥルーズ派の人たちは偶像崇拝をしているとうわさする人たちもいるんですが、そこの集会場には確かに王様の身代金に匹敵するほど価値のある金属製の牡牛の像があり、毎週金曜日になるとアキル、つまり新規の加入者がその牡牛のまわりに集まる決まりになっています。先日、アベンハルドゥン博士から、加入礼の儀礼を受けるように言われました。私としては老人の機嫌を損ねたくなかったので、断り切れませんでした。人はパンのみで生きているわけではありませんからね。ドゥルーズ派の人たちはひどく閉鎖的で、西洋人には自分たちの信徒会に加わる資格がないという人たちもいます。たとえば、食肉専門の運送会社を経営しているアブル・ハサンは、選民の数は決まっているので、改宗者の数を増やすのは規則に反すると言っていますし、経理係のイセディンも反対しました。イセディンというのは一日中ものを書いているつまらない男なんですが、とにかくそれしか能がないので、アベンハルドゥン博士は彼の意見だけでなく彼の本まで一笑に付しました。そうした反動主義的な人たちは古くさい偏見に囚われていて、私を何とか加入させまいと下工作したんです。はっきり申し上げて、間接的な形ではあるんですが、今回の事件の責任はすべて彼らにあります。

八月十一日に、アベンハルドゥンから一通の手紙が届いたのですが、そこには十四日にかなり厳しい試練を行うので、準備をしておくようにと指示してありました」

「で、どういう準備をされたんです?」とパロディが尋ねた。

「あなたもご存知だと思いますが、三日間紅茶だけで過ごし、ブリストル暦にのっている順序で黄道十二宮図を暗記するというものです。私は午前中衛生局に勤務しているので、そちらには病気休暇を願い出ました。手紙を見ると、儀礼は金曜日ではなく、日曜日に行うと書いてあったので、最初はびっくりしたんですが、こういう重要な試練は主の日に行う方がいいのだという説明があり、次いで真夜中になる前に別荘に来るようにと指示してありました。金曜日と土曜日は比較的平静に過ごしたのですが、日曜日は朝から神経質になっていました。今から思えば、きっとあとで何かが起こると予感していたんでしょうね。ですが、気を抜かずにその日は一日じゅう本を手放さないで勉強しました。まだ紅茶を飲む時間ではないだろうかと五分ごとに時計を見ていたんですから、ばかな話です。どうしてあんなに時計ばかり見ていたのかわからないのですが、いずれにしても喉がひどく渇いて、何か水気のものがほしくて仕方がなかったのです。試験が待ち遠しくてなりませんでした。けれども、レティーロ駅につくのが遅くなって、ひとつ前の列車を逃して十一時十八分発の鈍行に乗る羽目になりました。

しっかり準備はしていたんですが、列車の中でも暦を読み込んで勉強しました。ばかな連中が、ミリヨナリオス[1]がチャカリータ・フニオーレスを相手に勝利を収めた試合のことをあれこれ議論しているのを聞いているうちに腹が立ってきましてね。あの連中はサッカーのサの字もわかっちゃいないんです。ベルグラーノR駅で降りたんですが、別荘は駅から十三ブロックほど離れたところにありました。歩けば頭がすっきりするだろうと考えたのですが、おかげで凍え死にそうになりました。ロセッティ街にある食料品店から電話をするようにと指示されていたので、そこからアベンハルドゥンに電話を入れたんです。

別荘の前には車が列をなしていて、建物はまるでお通夜のように皓々《こうこう》と明かりがついていました、遠くからでも人の話し声が聞こえてきました。アベンハルドゥンは玄関のところで私を待っていてくれたんですが、急に老いこんだような感じがしました。それまでは昼間に何度も会っていたのですが、あの夜は髭こそ生やしていたものの、何となくダンヌンツィオに似ているように感じました。あれがみんなの言う運命の皮肉というものなんでしょうか。私はあの夜、試験のことで頭がいっぱいだったので、何となくおかしいなと感じたのかもしれません。私たちは建物のまわりを囲んでいるレンガを敷き詰めた道を通り、裏口から中に入りました。事務所に目をやると、文書室にイセディンがいました」

「私も十四年前から文書室みたいなこの場所に閉じ込められていますよ」とドン・イシドロは

1　ブエノスアイレスのサッカー・クラブ、リーベルプレートの愛称。一九三〇年代に選手獲得に使った巨額の移籍金でミリョナリオス（大富豪）と呼ばれた。

穏やかな口調で言った。「ですが、あの別荘のファイルをしまってある場所のことは知らないので、少し説明していただけますか」

「ええ、いたって簡単です。事務所は二階にあって、下の集会場へは階段を降りてゆくだけでいいんです。ドゥルーズ派の人たちが百五十人ほどそこに集まっていました。全員が白いローブをまとい、顔をヴェールで覆って金属製の牡牛を囲んでいました。文書室というのは事務所の中に設けられたアルコーブです。私はつねづね、部屋も窓が切ってないと最後は人間と同じように病におかされると言っているんですが、どう思われます?」

「そういう話はよしましょう。市の北部で暮らすようになってから、閉め切った部屋にはうんざりしているんです。事務所のことをお話し願えませんか」

「そこは大きな部屋で、カシ材のデスクがあり、その上にオリヴェッティのタイプライターが置いてありました。ほかには座ると首まで沈み込みそうなふかふかの肘掛け椅子や、壊れている水タバコのパイプ、クリスタルのシャンデリア、未来派を思わせるデザインのペルシャ絨毯、ナポレオンの胸像、むずかしそうな本が並んでいる棚もありました。そこに並んでいたのは、チェーザレ・カントゥー[1]の『世界史』、『世界と人間の驚異』、『著名な作品の国際双書』、『デイリー・ミラー年鑑』、ペルッフォの『図解ガーデニング』、『青春の宝典』、ロンブローゾ[2]の『女性犯罪者』などです。

イセディンは妙に苛立っていました。私はすぐにその理由に気づきました。机の上に帳簿の入った大きな包みが置いてあって、それに目を通していたんです。博士は私の試験に気を取られていたので、イセディンを追い払おうとしてこう言いました。

『心配しなくていい。今夜中に目を通しておくから』

イセディンがその言葉を信じたかどうかはわかりません。いずれにしても、彼はローブをかぶると、下の集会場へ下りて行ったのですが、私の方を見ようともしませんでした。

二人きりになると、アベンハルドゥン博士がこう尋ねました。

『ちゃんと断食をし、十二宮図を暗記してきたかね？』

木曜日の十時（その夜、私は新しい感性を身につけたいと願っている熱狂的な数人の信者たちと一緒にアバスト市場で軽いシチューとローストビーフを口にしました）以降紅茶のほかは何も口にしていません、とはっきり彼に伝えました。

その後、アベンハルドゥンから十二宮の名前を朗唱するように言われました。ひとつも間違えずに言うと、さらにその後五、六回復唱させられました。最後に博士はこう言いました。

1　チェーザレ・カントゥー（一八〇四―九五）。イタリアの歴史家、作家。『世界史』（三十五巻）が代表作として知られる。
2　チェーザレ・ロンブローゾ（一八三五―一九〇七）。イタリアの犯罪学者、精神医学者、犯罪心理学者。

『指示したとおりに頑張ったようだね。しかし、真剣かつ勇気をもって今回の試練に取り組まなければ、すべてが水泡に帰す。君にはやり遂げるだけの力が備わっていると私は信じている。だからこそ、ほかの人たちが君には資格がないといって反対したのに、その声に耳を貸さなかったのだ。君の受ける試験はひとつしかないが、もっとも危険で、困難なものだ。三十年前、私もレバノンの山で同じ試験を受けたが、あの時は幸いなことに、導師たちが前もってよりやさしい試練を用意してくれた。おかげで、海の底に沈んでいる貨幣、大気の森、大地の中心にある聖杯、それに地獄に落とされた三日月刀を発見することができた。君はそれら四つの魔術的なものは捜さなくていい。だが、聖なる四角形を形成しているヴェールをつけた四人の導師を見つけなければならない。彼らは今、金属製の牡牛のまわりで神聖な勤行にいそしんでいる。兄弟のアキルたち、すなわち新しい加入者たちと同じように顔にヴェールをかけ、お祈りをあげている。外見からは導師を見分けることができない、しかし君の心が教えてくれるはずだ。最初にユスフをつれてきなさい。心の中で十二の天宮図を正確に思い描きながら、下の儀礼場へ降りてゆくといい。最後の天宮、すなわち魚座にたどり着いたら、最初の天宮、すなわち牡羊座に戻り、そのまま歩き続けて、アキルたちのまわりを三回まわるのだ。天宮の順序さえまちがえていなければ、君の足が自然とユスフのところに導いてくれるだろう。彼に〈アベンハルドゥンが呼んでおられます〉と伝え、ここにつれてくるのだ。その後、二番目の導師、ついで三番目、四番目という風につづけていけばいい』
幸い、ブリストル暦に繰り返し何度も目を通していたので、十二宮図は頭にしっかり刻みつけられていました。人からまちがえてはいけないと言われると、かえってまちがえるのではと不安になるものですが、あの時は自信がありました。はっきり言って、何か予感のようなものを感じていたのです。アベンハルドゥンは私の手をしっかり握って、自分の祈りが君を守ってくれるだろうと言いました。そのあと、私は下の集会場へ降りて行きました。天宮図のことで頭がいっぱいでしたし、それに白いローブに包まれた背中とうなだれている頭、無表情な仮面、それまで一度も間近で見たことのない聖なる牡牛の像を目にして不安に襲われました。そして、ほかの人たちと同じように私もそのまわりを三回まわったのですが、気がつくと他の人とまったく区別のつかない白いローブを着た人が目の前にいました。しかし、獣帯の天宮図を思い描いていたものですから、迷うことなくその人に、『アベンハルドゥンが呼んでおられます』と言いました。男は私の後についてきました。その間も私はずっと天宮図のことを考えていました。階段を登って、事務所に入ると、アベンハルドゥンはお祈りをあげていたのですが、ユスフがやってきたのを見て、文書室に入らせました。そのあとすぐに姿を現して、こう言いました。『次はイブラヒムをつれてきなさい』。私は大広間に戻って、三回まわると、また別の男の白い衣裳が目の前にありました。で、その男に『アベンハルドゥンが呼んでおられます』と言ったのです。そして、その人物と一緒に事務所に戻りました」

「ちょっと待ってください」とパロディが言った。「あなたがぐるぐる回っている間、事務所から誰も出て行かなかったと断言できますか？」

「ええ、それはあり得ません。たしかに、たしかに、わたしは天宮図やそのほかのことに気を取られていましたが、ばかじゃありませんから、あのドアから目を離しませんでした。しかし、出入りしたものはひとりもいませんでした、これだけは断言できます。

アベンハルドゥンはイブラヒムの腕をとると、彼を文書室へつれて行きました。その後私に、『今度はイセディンをつれてきなさい』と言いました。妙な話ですが、先の二回は自信を持ってやれたのですが、三回目の時は何となく不安になりました。下に降り、ドゥルーズ派の人たちの周りを三回まわり、イセディンをつれて行きました。ひどく疲れていて、階段のところで目がくらんだのですが、腎臓のせいでしょうね。何もかもがいつもとちがって見え、一緒に歩いているイセディンまでが別人のように思えました。アベンハルドゥンは私を信じ切っていたのでしょう、お祈りをあげる代わりに、カードでひとり占いをしていました。イセディンを文書室につれていったあと、父親のような口調で私にこう言いました。

『今回の試練でくたびれたようだね。四人目の秘儀伝授者ハリルは私が捜してきてあげよう』

疲労のあまり集中力を失くしていたのですが、アベンハルドゥンが部屋を出て行くと、私はすぐに回廊の手すりにつかまって様子をうかがうことにしました。彼は迷うことなく三回まわって、ハリルの腕をつかむと、上につれてきました。先ほども言いましたように、文書室には事務所に通じるドアがひとつしかありません。アベンハルドゥンはハリルと一緒にそのドアから中に入りました。その後すぐ、ヴェールをかけた四人のドゥルーズ派の人たちと一緒にでてきたのです。彼らは大変信心深い人たちですから、アベンハルドゥンは私に向かって十字を切る仕草をしました。その後、スペイン語で彼らにヴェールをとるように言いました。信じていただけないかもしれませんが、私の目の前には、外国人のような顔をしたイセディンをはじめ、衛生設備の会社フォルマルのサブマネジャーをしているハリル、鼻声でしゃべる男の義理の兄にあたるユスフ、それに髭面で死人のように青ざめたイブラヒムの四人がいたのですが、このイブラヒムがアベンハルドゥンの共同経営者であることはあなたもご存知の通りです。まったく見分けのつかない百五十人ものドゥルーズ派の人たちがいたというのに、その中からあの四人を選び出したのですよ！

アベンハルドゥン博士は私を抱きしめようとしました。しかし、迷信に凝り固まり、タブーを恐れるほかの連中は事実を素直に認めようとせず、私を抱擁するどころか、彼らの言葉で博士をなじりはじめたのです。気の毒にアベンハルドゥンは何とか彼らを説き伏せようとしたのですが、結局彼らに言い負かされてしまいました。博士は私に向かって、もう一度試練を受けてもらわなければならない、困難な試練だが、私たち全員の命と世界の運命は君がそれを乗り切れるかどうかにかかっているのだと言いました。彼はさらにこう続けたのです。

『われわれはこのヴェールで君の目を覆い、右手にこの長い竿を預ける。われわれの方は一人ひとりこの家、あるいは庭の片隅に身をひそめる。君はここで時計が十二時を打つのを待ち、その後天宮図の導きに従って順次われわれを見つけだしてゆかなければならない。それらの図形が世界を支配しているんだからね。試験の間、われわれは十二宮図の順序を君にゆだねることにする。つまり、宇宙は君の手の中にある。君が獣帯に並ぶ星座の順序を恣意的に変えたりしなければ、われわれの運命と世界の運命はあらかじめ定められたコースをたどることになる。しかし、君が思い違いをして、天秤座の後に蠍座でなく、獅子座をもってきたりしたら、君が捜し求めている導師は息絶え、世界は空気と水と火の脅威を受けることになるだろう』

全員がその通りだと言ったのですが、イセディンだけはサラミ・ソーセージを食べ過ぎたせいで、目を半ば閉じ、心ここにあらずといった体でした。部屋を出て行くときに私たち全員の一人ひとりと握手をしたのですが、彼はもともとそういうことをするようなタイプの人間ではないはずなんですけどね。

私に竹竿を持たせ、目隠しをすると、彼らは立ち去りました。ひとり取り残された私は不安で仕方ありませんでした。順序を取り違えないよう注意して十二宮図を思い描きながら、時計の時報を待ったのですが、いつまでたっても鳴らないんです。時報が聞こえると、あの屋敷の中を歩き回らなければなりません。けれども、あの屋敷がどこまでも果てしなく広がる、未知の世界のように思えてきて突然不安に襲われました。そのつもりはなかったのですが、私は階段や踊り場、途中にあるはずの家具、地下室、中庭、採光窓などを思い浮かべました。そのうち、庭の木々が触れあう音や上の階を歩いている人の足音、別荘から帰って行くドゥルーズ派の人たち、アブド・エル・メレクの古いイソッタ[1]の走り出す音などが聞こえてきました。ご承知のように、あの車は彼がロッジオ・オリーブ・オイルの抽選で引き当てたものです。結局全員が帰ってしまい、私とどこかに隠れているドゥルーズ派の人たちだけがあの邸宅に取り残されました。その時、突然時報の音が鳴り響き、私は飛び上がりました。まだ若くて元気はつらつとしている私が、あの時は身体に障害のある人か目の見えない人のように竹竿を手におぼつかない足取りで歩いていたんです。鼻声でしゃべる男の義理の兄というのはなかなか知恵の回る男《サヴォワール・フェール》ですから、ひょっとしてテーブルの下に隠れているかもしれないと考えて、すぐ左側に曲がりました。その間も、天秤座や蠍座、射手座をはじめすべての星座の図形がはっきりと目の前に浮かんでいました。私は階段の最初の踊り場のことを忘れていたものですから、空足を踏んで倒れそうになって温室に入ったんですが、とたんに方角を失って、ドアも壁もどこにあるかわからなくなりました。そのうえ、

1　二十世紀初めにイタリアで製造され、人気のあったスポーツタイプの車。

三日間紅茶だけで過ごし、しかも大きな精神的ストレスがかかっていました。何とか気をとりなおして、食器を運ぶエレベーターの方へ向かいました。石炭貯蔵所に隠れているかもしれないという気もしたのですが、ドゥルーズ派の人たちというのはどれほど教育を受けていても、私たちのように知恵は回りませんからね。そこで、集会場の方へ向かうことにしました。その時三本脚のテーブルにつまずいたのですが、ドゥルーズ派の人たちの中には、まるで中世人のようにいまだに心霊術を信じている人もいて、あのようなテーブルを使っているんです。油絵に描かれている人物たちの目がひとつ残らずこちらを見つめているような気持ちに襲われました（こんなことを言うと、笑われるかもしれませんが、妹はいつも私にはどこか頭のおかしい詩人のようなところがあると言っています）。ですが私は眠っていたわけでなく、すぐにアベンハルドゥンを見つけ出し、腕を伸ばして彼がそこにいることを確かめました。階段が思いのほか近くにあったので、さして苦労せずにそこを通って事務所の中に入りました。その間、私たちは一言も口をききませんでした。私は手がかりになるものを見つけようと必死だったんです。彼をそこに残して、もうひとりのドゥルーズ派の人を捜しに行きました。その時、押し殺したような笑い声が聞こえてきたんです。その時はじめて疑念が湧いて、自分は笑いものにされているのではないかと思えはじめたんです。そのすぐあとに叫び声が聞こえました。誓って言いますが、私は天宮に関してまちがいを犯してはいません。ですが、おそらくとまどっていたのでしょうね、そうとわかって最初は怒りが、ついで驚きがこみ上げてきて、すっかり混乱していまいました。ですが真実を隠すつもりはまったくありません。体の向きを変えると、竹竿であたりを探りながら事務所に入りました。床に何かがあって、それにつまずきました。かがみ込んで調べると、まず髪の毛、ついで鼻、目が手に触れました。私は自分でも気づかないうちに、目隠しをはずしていました。

アベンハルドゥンが口から唾液と血を吐いて床の絨毯の上に倒れていたのです。手で触れると、わずかに温もりは残っていたものの、すでにこと切れていて、部屋には誰もいませんでした。知らぬ間に竹竿が手から落ちて、その先に血がついていました。それを見て、即座に自分が殺してしまったと考えたんです。笑い声と叫び声が聞こえたとき、私は一瞬混乱して、十二宮の順序をまちがえてしまい、そのせいで人がひとり命を落としました。この分だと、たぶん四人の導師の命も……。私は回廊から身を乗り出すと、大声で彼らの名前を呼びました。しかし、返事は返ってきませんでした。恐ろしくなって、小声で牡羊座、牡牛座、双子座とくり返しながら裏口から逃げ出したのですが、そうすれば世界は崩壊せずにすむだろうと考えたのです。あの別荘は一ブロックの四分の三ほどの広さがあるのに、すぐに塀のところにたどり着きました。トゥジード・フェルラロッティは以前私に、中距離走のランナーになれば将来有望だよとよく言ってくれたのですが、あの夜は走り高跳びでも才能を発揮しました。二メートル近くある塀をひとっ飛びで越えたんですからね。溝の中で立ち上がり、体中についたガラス瓶の破片を払い落としていると、煙のせいで急に咳が出はじめました。別荘からマットレスに入れる詰め物のように真っ黒で濃い煙がもくもくと立ち上っていたのです。このところ練習はしていなかったんですが、あの時は全盛期のように精一杯走りました。ロセッティ街についたので、後ろを振り返ってみると、空が五月二十五日の独立記念日のように明るく輝き、家が燃え上がっていました。天宮図の順序を変えたばかりにこんなことになってしまったんだ――そう考えたとたんに、舌がオウムの舌よりも干からびてしまいました。街角に警官の姿が見えたので、彼らに背を向けて空き地の中に入っていったんですが、首都にまだあのような場所があるというのは恥ずべきことですね。正直言って私は、アルゼンチン人として情けなく思いました。その時、犬の一群に取り囲まれて危うく失神しそうになりました。中の一頭が吠えると、ほかの犬たちもそれにならってうるさく吠え立てたものですから、耳が聞こえなくなったほどです。市の西にあるああいった地区には警官がいないので、歩行者は安心して歩けません。気がつくと、チャルローネ街に出ていたので、ほっと胸を撫で下ろしました。街角の食料品店のところにたむろしていたあやしげな連中が、口をそろえて〈牡羊、牡牛〉と言い、口を鳴らして妙な音を立てました。ですが、私は相手にならず、そのまま逃げ出しました。信じてもらえないでしょうが、気がつくと私はいつの間にか十二宮を大声でくり返していました。その後、また道に迷ったんです。あなたもご存知のように、あのあたりは基本的な都市計画から外れた土地なので、道路が迷路のように入り組んでいます。どういうわけか、乗り物を利用しようという考えは浮かびませんでした。ゴミ収集人が姿を現す頃にようやく家にたどり着いたのですが、靴はぼろぼろになっていました。家に着いたのは明け方でしたが、あの時は本当に疲れ切っていました。熱もあったと思います。そのままベッドに倒れ込んだのですが、眠る気になれず十二宮図のことを考え続けていました。

新聞社と衛生局にはその日の十二時に病欠届けを出しました。その時、男性用整髪剤ブランカートのセールスマンをしている隣人がやってきて、一緒にパスタを食べようと言って私をむりやり自分の部屋に引っ張り込んだんです。あなただから正直に言いますが、最初のうちは少しほっとした気持ちになりました。隣人はかなりの歳で世慣れていて、私のために国産のマスカット酒のボトルを開けてくれました。しかし、あの時は込み入った話をする気になれず、今日はソースが胃にもたれるんですと言い訳をして自分の部屋に引き上げました。その日は一日中部屋にこもっていました。けれども、悟りすました隠者ではないので昨晩のことが頭から離れず、下宿の女主人にノティシア紙を持ってきてほしいと頼みました。スポーツ欄はすっ飛ばして、三面記事をのぞくと、そこには、午前零時二十三分にビーリャ・マッツィーニにあるアベンハルドゥン博士の別荘が火災に見舞われ、その大半が消失したという記事と写真が掲載されていました。地元の消防署員が懸命に消火活動をしたにもかかわらず家屋は炎に包まれ、別荘の所有者で、シリア・レバノン系住民の著名な人物として知られ、またリノリウムに代わる床材の輸入を手がけた先駆者としても知られるアベンハルドゥン博士が焼死したと報じられていました。その記事を読んで、私は震え上がりました。バウディッツォーネはいいかげんな記事を書くことで知られていますが、今回もいくつか誤りが見られました。たとえば、宗教儀式にはまったく触れていませんし、あの夜彼らは議事録を読み上げ、新たに役員を選出するために集まっていたと書かれていました。ハリル氏とユスフ氏、それにイブラヒム氏は、火災が起こる前に別荘を後にしています。彼らは夜の十二時まで故人と親しく話していたのですが、その時はあの方が間もなく亡くなり、市の西部の歴史的な建造物が灰燼に帰すとは夢にも思わず、いつものように機知に富んだ会話をしていたと供述しています。また、火災の原因については目下調査中とのことでした。

仕事に行くこと自体は不安でも何でもないのですが、あれ以来新聞社にも衛生局にも足を向けていないんです。すっかり落ち込んでしまいましてね。事件のあった二日後にとても愛想のいい人物がやってきて、ブカレリ街にある政府直営の商品保管庫において職員食堂で使うブラシとモップを購入した人間がいるんだが、あなたはその件に関わっていませんでしたかと尋ねられました。そのあと話を変えて、外国人居住者のことを話題にし、とくにシリア・レバノン系住民のことをこと細かに尋ねてきました。ひょっとするとまたお尋ねに上がるかもしれませんので、その時はよろしくと言いました。ですが、結局来ませんでしたね。しかし、それ以後街角に見知らぬ人物が姿を見せ、私がどこへ行くにもこっそり後をつけてくるようになりました。あなたが警察はもちろん、どのような人とも関わりを持っておられないことはわかっています。ですからどうか私を助けてください。ドン・イシドロ、私は今絶望的な状況に置かれているんです」

「私は謎を解き明かす魔法使いでも魔術師でもありません。ただ、あなたに手を貸すことはできます。その場合、ひとつ条件があります。どんなことでも、私の言うとおりにすると約束できますか？」

「はい、おっしゃるとおりにします、ドン・イシドロ」

「よろしい。では、早速はじめましょう。歳時暦に記載されている十二宮を順番どおりに言ってみてください」

「牡羊座、牡牛座、双子座、蟹座、獅子座、乙女座、天秤座、蠍座、射手座、山羊座、水瓶座、魚座」

「よろしい。今度はそれを逆に言ってみてください」

モリナリは青ざめた顔で口ごもりながらこう言った。

「じつひお座、しうお座……」

「いや、そうじゃありません。星座の順番を変えて言っていただきたいんです。十二宮をどういう順番でもいいですから、変えてみてください」

「順番を変えるですって？　あなたはまだわかっておられないんですね、ドン・イシドロ、そんなことをしたら大変なことに……」

「できませんか？　最初に一番目を、次に最後の星座、そして最後から二番目の星座と言ったように読み上げるんです」

モリナリは恐怖に顔を引きつらせながら、彼の言うとおりにした。そして、その後自分のまわりを見回した。

「さあ、これであなたもばかばかしい迷妄から醒めたでしょう。もう新聞社へ行っても大丈夫です。余計な心配はしなくていいですから」

救われはしたものの、モリナリはひどく困惑して一言も口をきかずに刑務所を後にした。外では、別の男が彼を待ち受けていた。

Ⅱ

翌週、モリナリは我慢しきれなくなって、もう一度刑務所を訪れることにした。しかし、自分の虚栄心と情けないほど人を信じやすい性格をパロディに見抜かれてしまっているだけに、彼と顔を合わせるのはためらわれた。自分のような現代人が狂信的な外国人にまんまとかつがれたかと思うと、口惜しくてならなかったのだ。例の愛想のいい人物は頻繁に顔を見せるようになり、だんだん薄気味の悪い話をするようになった。シリア・レバノン人の話だけでなく、レバノンのドゥルーズ派のことを話題にのぼせたり、それ以外のことも口にするようになった。たとえば、一八一三年に拷問が廃止されたことや、調査機関が最近ブレーメンから電気棒を輸入したといったような話をするようになったのだ。

ある雨の朝、モリナリはウンベルト一世街の角からバスに乗った。彼がパレルモで降りると、見知らぬ男もバスから降りたが、黒メガネに代えてブロンドのあごひげをつけていた……。

パロディはいつものようにいくぶんそっけない態度でモリナリを迎えた。彼は相手を気づかってビーリャ・マッツィーニの謎の事件には触れず、カード遊びに関して自分なりの考えを持っている人間ならどうするかという話をしはじめた。そして、山猫のリバローラにまつわる教訓に富んだ話をした。リバローラは袖口の特殊な隠しポケットから二枚目のスペードのエースを取り出そうとしたときに、椅子でなぐられて命を落としたのだ。その話をわかりやすく説明するために、彼は引き出しから手垢にまみれた一組のカードを取り出した。それをモリナリに混ぜ合わせるように言ったあと、テーブルの上に裏返して並べるように指示した。そして、こう言った。

「さてと、あなたは魔法が使えるんですから、この哀れな老人にハートの四を渡してください」

モリナリは口ごもりながらこう言った。

「私は魔法使いになろうなんて考えたことはありません……。あなたもご承知の通り、あの狂信的な連中とはもう手を切ったんです」

「あなたはカードを切って、混ぜ合わされた。だから、今すぐハートの四をとってください。なにも怖がることはありません。あなたが最初につかんだカードがそれですから」

モリナリは震えながら手を伸ばして適当に一枚のカードを抜き取ると、それをパロディに渡した。彼はそのカードをちらっと見て、こう言った。

「お見事です。さて、次はスペードのジャックです」

モリナリは別のカードを取ると、彼に渡した。

「今度はクラブの七」

モリナリは一枚のカードを渡した。

「カード選びで、お疲れになったようですね。よろしい、最後のカードは私が代わりに取りましょう。ハートのキングです」

彼はいいかげんに一枚のカードを取ると、それまでに集めた三枚のカードの上に載せた。そしてモリナリに、四枚のカードを表に向けるように言った。そこには、ハートの四、クラブの七、スペードのジャック、ハートのキングが並んでいた。

「そんなにびっくりすることはありませんよ」とパロディが言った。「みんな同じカードなんですが、中に一枚印の入ったものがあります。私が最初に渡してくださいと頼んだものと、あなたが最初にくれたカードは別のものです。私がハートの四と言ったら、あなたはスペードのジャックをくれました。そこで、スペードのジャックをと言ったら、クラブの七をくれました。クラブの七をくださいと言ったら、ハートのキングをくれたのです。そこで私は、あなたはお疲れでしょうから、私が代わりに四枚目のカード、ハートのキングをとりますと言ったのです。そのあと、この黒いシミのついているハートの四をとったのです。

アベンハルドゥンの手口もこれとまったく同じです。彼は一番目のドゥルーズ派の人を捜してくるように言ったのですが、あなたは二番目の人を連れて行きました。すると彼は二番目の人を捜すように言い、あなたは三番目の人を連れて行きました。彼が三番目の人を捜すように言うと、今度は四番目の人を連れて行ったのです。そこで彼は、自分が四番目の人を捜してきてあげようと言って、実は一番目の人を連れてきたのです。一番目の人というのは親しくしているイブラヒム[1]ですから、いくら人が大勢いてもすぐに見分けることができます……。これが外国人が加わったときにやる彼らの手口なのです。あなた自身もドゥルーズ派の人たちは非常に閉鎖的だと言われましたね。おっしゃるとおりです、しかもあの集団の長老であるアベンハルドゥンがもっとも閉鎖的なのです。ほかの人たちはアルゼンチン人をからかうだけで十分だったのですが、アベン

1　テキストではイブラヒムとなっているが、本来ならここはユスフとするのが正しい。

ハルドゥンは笑いものにしてやろうと考えたのです。彼は日曜日にくるように言ったのですが、あなたの話だと、彼らがミサを行うのは金曜日とのことでしたね。三日間紅茶だけで過ごし、ブリストル暦を覚えてくるように言ったのは、あなたを緊張させてやろうと考えたからです。さらに何ブロックか歩くように言い、白いローブをまとったドゥルーズ派の人たちの集会に行かせました。それだけではまだあなたを不安がらせることはできないと考えて、暦の天宮図の話を持ち出しました。彼はあなたを笑いものにしてやろうと考えていたのですが、あの時はまだイセディンの出納簿に目を通していませんでした（目を通すことは永遠に出来ないでしょう）。あなたが部屋に入ったとき、彼らが話し合っていたのはその本、つまり出納簿のことだったのですが、あなたは小説や詩の本と勘違いしたのです。あの経理係がどのようなごまかしをしていたのかはわかりません。ただ、アベンハルドゥンを殺害し、帳簿を人に見られないようにあの別荘に火をつけたことはまちがいありません。あなた方に別れを告げるとき、ふだんそういうことをしない彼が一人ひとりと握手したのは、みんなに自分が帰ったと思わせるためだったのです。そのあと彼はどこか近くに身をひそめ、悪ふざけにあきたほかの人たちが帰るのを待ちました。そして、あなたが手に竹竿を持ち、目隠しをしてアベンハルドゥンを捜している間に、事務所に戻ったのです。あなたが老人と一緒に戻ると、あの二人はあなたが盲人のようにおぼつかない足取りで歩いていたといって笑い転げたのです。ついで、あなたは二人目のドゥルーズ派の人を捜しに行きました。アベンハルドゥンはあなたにつかまるように先回りしました。あちこちでぶつかりながらあなたは四回行き来したわけですが、いつも同じ人物を連れて帰ったのです。経理係がアベンハルドゥンの背中を短刀で一突きしたのは、そのとき、つまりあなたが叫び声を聞いたときです。あなたが手探りで部屋に戻ってゆく間に、イセディンは帳簿に火をつけ、逃げ出しました。その後、帳簿が消失したことを正当化するために、別荘に火を放ったのです」

——プハート、一九四一年十二月二十七日

ゴリアドキンの夜

〔主要登場人物〕

ヘルバシオ・モンテネグロ——気取ったところはあるが、そそっかしくて人のいい愛すべき舞台俳優。

ゴリアドキン——ダイヤモンドの取引をしているロシア系ユダヤ人。

ハラップ大佐——キューバ戦争を経験した、テキサス出身の髭面の老人。

ビビローニ——カタマルカ出身の若い詩人。

ピュファンドルフ＝デュヴェルノア男爵夫人——優雅な風情の麗人。

ブラウン神父——栗色の髪にまん丸い顔をした、説教好きの神父。

善良な泥棒の思い出に

I

背が高くて品はあるものの、これといった特徴がなく、染めた口髭を垂らしたその横顔から夢想にふけりがちな性格がうかがえるヘルバシオ・モンテネグロは、物憂げで優雅な物腰で護送車に乗りこみ、刑務所に移送《ヴォアチュレ》された。彼は矛盾した状況に置かれていた。その日の夕刊に目を通したアルゼンチン十四州の数え切れないほど多くの読者は、ヘルバシオ・モンテネグロが窃盗と殺人の罪で告発されたというニュースに接して憤りを覚えたのだが、実はその時はじめてこの人物が著名な舞台俳優であることを知った。このような驚くべき混乱が生じたのも、もとはといえばアベンハルドゥンの謎を解明してすっかり名をあげた敏腕記者アキレス・モリナリのせいだった。実を言うと、警察が異例の形でヘルバシオ・モンテネグロに刑務所での面会を許可したのも、モリナリの働きかけがあったからである。刑務所の二七三号独房には密室探偵のイシドロ・パロディが収監されていたが、モリナリは（誰が聞いてもなるほどと思うほどのおおらかさで）自分が成功を収めたのはすべてあの探偵のおかげだとあちこちで言いふらしていた。もともと疑り深いところのあるモンテネグロは、探偵といっても以前はメキシコ街にあった理髪店の主人で、今は番号を打たれた囚人でしかないじゃないかと考えてあまり信用していなかった。同時に、ストラディヴァリウスのように敏感で感じやすい彼の心は、面会にゆくと考えただけで何とも言えず重苦しい気分になった。しかし、あの精気に溢れた表情からしてアキレス・モリナリが第四階級[1]を代表していることはまちがいない、とすれば彼を妙に刺激しないほうがいいだろうと考えて、モンテネグロは忠告に従うことにしたのだ。

　パロディはうつむいたまま有名な俳優を迎えた。彼は青い容器の中でゆっくり時間をかけて味わい深いマテ茶をたてていた。モンテネグロは勧められたらひと口飲む気でいたが、パロディは恥ずかしかったのか勧めなかった。モンテネグロは元気づけるように肩をポンと叩くと、スツールの上にあったスブリーメの箱からタバコを一本抜きとって火をつけた。

「約束の時間よりも早かったですね、ドン・モンテネグロ。用件はわかっております。例のダイヤモンドの件でしょう」

「私のような有名人になると、噂は頑丈なこの壁でもやすやすと越えるんですね」

「おっしゃるとおりです。この国で起こっていることを知るには、ここほどいいところはありません。上は将軍のような軍の要人から、下はラジオに出演しているいちばん下っ端の声優がどんな文化活動をしているかまで知ることができるんですからね」

「私もラジオは大嫌いです。マルガリータ・シルグ[2]がいつも言っていたんですが、生まれついての役者にとって、つまり芸術家にとって必要なのは観客から伝わってくるぬくもりなんです。マイクロフォンというのは血の通っていない、反自然的な代物ですよ。あまりうれしくないあの機械の前に立つと、私自身も自分と観客とのつながりが断たれたように感じるんです」

「私なら、ああした装置や観客とのつながりのことなど考えもしないでしょうね。話は変わりますが、モリナリの書いた記事に目を通しました。あの若い方は筆は立つんですが、文学かぶれしているせいか、記事を読むだけでは状況がよくつかめないんです。できれば、事件の内容を妙な技巧を用いいずにあなたの目で見たとおり率直に話してくださいませんか？　私は何よりも明快さを愛しておりますので」

1　もともとは国王（もしくは聖職者）、貴族、市民に続く階層をそう呼んでいたが、その後ジャーナリストをこの名称で呼ぶようになった。

2　マルガリータ・シルグ（一八八九―一九六四）。スペインの舞台女優で、舞台監督もつとめた。また、ラテンアメリカ諸国でも巡業を行い、人気があった。

「なるほど、だったら私にはその資格がありますね。明快さというのはラテン系の人間の特権ですから。ただし、ある件に関してはヴェールで隠させていただきます。キアカ――あなたもご存じのように、あのあたりにはまだ立派な人たちが残っておられます――、その中でも最高の社交界のご婦人に迷惑がかかりますので。あそこに住んでおられる方々は、お好きになさってください《レッセ・フェール》、ご自由にお入りください《レッセ・パセ》、と言ってもさしつかえのない方ばかりですから。誰の目にもサロンの妖精のように映るご婦人――自分にとっては妖精であり、天使でもあるのですが――の名前に傷がつくことだけは避けたい、そう考えて私は成功を収めていた新大陸諸国の巡業を中止したのです。帰国をひそかに心待ちにしていたところを見ると、私はどこまでもブエノスアイレスっ子なんでしょうね。ですがあの時は警察沙汰になるような事件に巻き込まれて、女性の名に傷がつくような事態になるとは夢にも思っていませんでした。ところが、レティーロ駅に着くとすぐに身柄を拘束され、窃盗と二つの殺人事件の容疑で告発されたのです。丁重なもてなし《アクーユ》に花を添えるつもりだったのか、その数時間前にテルセーロ川を渡っているときに、おかしな状況のもとで手に入れた大切な宝石まで警察に没収されてしまいました。さて《ブレフ》、意味のないおしゃべりはやめて、手短かに話しましょう。最初から《アブ・イニティオ》話すことにしますが、現代世界に欠かすことのできない生き生きとしたアイロニーは省略しないことにします。それに、風景画家を思わせる色彩豊かな説明も多少入るかと思いますが、その点はご容赦ください。

一月七日の午前四時十四分に、私はボリビアの先住民らしい目立たない服装でモコーコ駅から急行列車に乗りました。その際、数多くいる礼儀をわきまえないファンに気づかれないようにしたのですが、それには コ ツ《サヴォワール・フェール》 があるんです。急行列車の乗務員からは不審そうな目で見られたのですが、サイン入りの自分のブロマイドを少しばかり渡して何とかごまかすことができました。あてがわれたコンパートメントはひと目でイスラエル人とわかる男と相部屋で、私が中にはいると、その男は目を覚ましました。あとでわかったところでは、男はゴリアドキンという名前で、ダイヤモンドの売買をしているとのことでした。あの時はまさか偶然相部屋になった気むずかしいユダヤ人のせいで、自分が不可解で悲劇的な事件に巻き込まれるとは夢にも思いませんでした。

翌朝、カルチャッキ[1]出身のシェフが作った絶品料理《カポラボロ》を前にして、走行中の列車という細長い小宇宙で一緒に暮らすことになった人間集団をじっくり観察することができました。まず、午後八時のフロリダ街を散歩していても、男性諸氏が思わず見とれるほど美しい体型から観察をはじめたのですが、そこにいた女性はまさに女性を捜せ《シェルセ・ラ・ファム》[2]といった感じのするひとでした。こう見えて、

1 ブエノスアイレスの北にある町。
2 「犯罪の陰に女あり」という意味でよく使われるフランス語の表現。

女性を見る目は肥えているんですよ。まもなく、目の前にいるのが風変わりで例外的な女性、つまり男爵夫人《バロンヌ》ピュファンドルフ＝デュヴェルノアだということがわかりました。女学生というのはぎすぎすしたところがあって、これが大きな瑕疵《かし》なんですが、そういう青臭い女の子とちがって彼女は現代が生み出した興味深い種である、成熟した女性だったんです。ローン・テニスで鍛えた体は引き締まって均整がとれ、顔はたぶん素《パセ》のままだったのでしょうが、クリームと化粧品を少しつけているようでした。一言でいえば、すらりとしているせいで背が高く見え、口数が少ないせいで優雅な感じがするといったタイプの女性でしたね。ただ、本物のデュヴェルノアであれば許し難いことなのですが、共産主義に妙に好意的だという困った欠点《フェブル》がありました。最初はうまくこちらに関心を向けさせることができたのですが、まもなく魅惑的な外見の下に隠されているのが凡庸な精神だとわかって、気分を変えようとあの風采の上がらない《スー・ポーブル》ゴリアドキン氏に話しかけることにしました。ああいうところはやはり女性ですね、その場の雰囲気が変わったのに、気づかないふりをしていました。しかしその時、男爵夫人《バロンヌ》が別の乗客（テキサス出身のハラップ大佐という男でした）と話している会話が耳に入ってきたのです。どうやらあの風采の上がらない《スー・ポーブル》・ムッシュ・ゴリアドキン《エメ・ゴリアドキン》のことを「間抜け」と言っているようでした。ゴリアドキンに話を戻しますと、私の記憶の感光板にはロシア系ユダヤ人の男性というだけで、ぼんやりしたイメージしか残っていません。どちらかといえば金髪で、逞しい身体つきをしていましたが、目に落ちつきがなかったような気がします。自分の立場をわきまえていて、いつも私のためにドアを開けてくれました。しかし、髭面で今にも卒中を起こしそうな顔をしたハラップ大佐のほうは、忘れようにも忘れることができません。何もかもがばかでかくなった国を象徴する、低俗な下品さの見本みたいな人間でした。あの手合いは、ナポリの飲食店《トラットリア》で働いている最低の若者でも知っている微妙な差異、つまりニュアンスというものがわかっていないんです。ニュアンスを感じ取るというのは、ラテン系の人間のトレード・マークのようなものですからね」

「私はナポリがどこにあるのか知りません。それはいいとして、今回の件が解決しないと、あなたはヴェスヴィオ山の噴火口の上にいるのと同じで危うい立場に置かれているということですね」

「ベネディクト会の修道士も顔負けするような隠棲生活を送っておられるあなたが羨ましいですよ、パロディさん。あなたとちがって私は世界中を駆けめぐってきました。バレアレス諸島[1]で明かりを探し、ブリンディジ[2]ではさまざまな色彩を、パリでは洗練された悪行を追い求め、またルナン[3]にならってアクロポリスの神殿で祈りの言葉を口にしました。どこへ行っても、人生とい

1　地中海西部にあるスペイン領の島々で、現在観光地として知られる。
2　イタリア南東部、アドリア海に面したイタリアの港町。かつて十字軍の集結地になっていた。
3　エルネスト・ルナン（一八二三―一八九二）。フランスの思想家、言語学者、宗教史家。

う葡萄のふさから果汁を絞って飲んだものですよ……。話を戻しましょう。プルマン式車両の中では、哀れなゴリアドキンが、人をくたびれさせるのに自分は疲れることを知らない男爵夫人《バロンヌ》の言葉の攻撃にさらされながらじっと耐えていました——結局彼はどこまでも迫害を受ける運命にあるユダヤ人だったんですね。その間、私はカタマルカ出身の若い詩人ビビローニを相手に、アテネ人のように詩や地方の暮らしのことを話題にのんびり会話を楽しんでいました。あの若い詩人は〈火山印調理用レンジ詩人賞〉を受賞したんですが、その黒い、というか煤《すす》で黒ずんだような顔を見たとたんに、正直なところこの男とは話が合いそうもないと思いました。鼻眼鏡にクリップ式の蝶ネクタイをし、クリーム色の手袋をしているのを見たときは、サルミエント[1]がわれわれに残した無数の教育者のひとりを相手にしているような気持ちに襲われました。もっとも、天才的な予言者であるサルミエントが、ここまで教育者の数が増えるというしごく当たり前のことまで見抜けなかったのも無理はありませんが。実は、巨大な彫像のあるハラミーの近代的な砂糖工場とフィオラヴァンティの彫刻があるバンデーラ駅を結んでいる鈍行列車に乗っているときに、今あげた二つをテーマにトリオレ[2]を一気に書き上げたのですが、その詩を朗読しはじめたとたんにビビローニの顔がぱっと明るくなりました。それを見て、この若者はわが国の若い文学の逸材のひとりだと思いましたね。二人きり《テート・ア・テート》になると、とたんに相手のことなど考えずにここぞとばかりくだらない自分の作品を朗読する手合いがいますが、彼はそういうタイプではありませんでした。研究熱心で、師を前にしたときはよけいなことを口にしないだけの思慮分別も備わっていました。そのあと、私はホセ・マルティ[3]に捧げる自作のオードを朗読しました。けれども、十一番目のオードに移る前に、彼を喜ばせることができなくなったんです。というのも、若いゴリアドキンはのべつ幕なしにまくし立てる男爵夫人《バロンヌ》のおしゃべりにうんざりしていたのですが、その思いがカタマルカ出身の若い詩人にも伝染してしまったのです。いや、よくあることですよ、興味深い「心理学的親和力」というやつで、これまで何度もそういう場面に出くわしたことがあります。世界中を駆けめぐってきた人間だけに許される特権《アパナージュ》である周知の率直さで、私は思い切った手段に訴えることにしました。つまり、目を覚ますまで彼の体を揺さぶったのです。しかし、ああいう災厄《メザヴァンチュール》に見舞われたあとですから、どうしても会話が弾みませんでね。そこで話を盛り上げるために、上等のタバコの話を持ち出してみました。すると、読み通りビビローニは急に生き生きしはじめました。ジャンパーのポケットを探って、ハンブルク製の葉巻を取り出したんです。しかし、私に勧める決心がつかなかったのでしょう、実は今夜自分のコンパートメント

1　ドミンゴ・ファウスティーノ・サルミエント（一八一一―八八）。ロマン派の理想主義者として知られるアルゼンチンの教育者、思想家。のちに大統領になった（一八六八―七四）。
2　五行の短い詩。
3　ホセ・マルティ（一八五三―九五）。キューバの詩人で、祖国独立のために倒れた国民的英雄。

で喫おうと思って買ってきたんですと打ち明けました。かわいい言いわけをするものだと思って、私はその葉巻をさっと取り上げると、すぐに火をつけました。その瞬間、あの若者の心の中に何かいやな思い出が蘇ってきたようでした。人の表情を読みとるのが得意な私が言うんですからまちがいありません。私は肘掛け椅子の背にもたれかかり、口から青い煙を吐きながら、あなたは詩人として勝利を収められたわけですが、その話をしていただけませんかと水を向けてみました。とたんに、彼の浅黒くて魅力的な顔がぱっと明るくなりました。おかげで、ブルジョアジーの無理解と戦い、実現しそうもない夢を抱いて人生の荒波を越えて行く文筆家にお決まりの苦労話を聞かされる羽目になりました。ビビローニ家は何十年にもわたって山岳地方の薬局方[1]の作成に従事したあと、やっとカタマルカを出てバンカラーリに移ることができたそうです。あの若い詩人はそこで生まれました。彼にとって最初の師匠は自然でした。というのも、父親の別荘には豆が植わっていましたし、となりには養鶏場があって、月のない夜にはちょくちょく釣り竿をもってその養鶏場に出かけて行き、ニワトリ釣りをしたそうです。二十四キロメートル[2]というところで初等教育をたたき込まれ、その後詩人はふたたび農場に戻ったのですが、そこで農作業という実りの多い、男性的な仕事に出会ったのです。この仕事は空疎な拍手よりも価値のあるものでした。彼を救済したのは〈火山印調理用レンジ詩人賞〉ですが、この会社が賢明にも彼の書いた詩『カタマルケーニャス（田園生活の思い出）』にその賞を与えたのです。彼はその賞金で愛情をこめて詩にうたった土地を実際に訪れることができたのですが、そこでいろいろなバラッドや民謡風の宗教歌を覚えて、生まれ故郷のバンカラーリに戻るところだったのです。

私たちは食堂車に移ったのですが、哀れなゴリアドキンはそこでも男爵夫人《バロンヌ》のとなりに座る羽目になりましてね。ブラウン神父と私は同じテーブルの向かい側に座りました。神父は栗色の髪に、まん丸い牛のような顔をしていて、別段面白い方でもなかったのですが、何となく羨《うらや》ましく思うところもありました。不幸にしてわれわれは炭鉱労働者や子供のような信仰心を失っています。教会が信徒という羊の群にもたらすかぐわしいバルサム香を冷たい知性の中に見出すことはできないんです。要するに、今世紀というのは早々と老成して何ごとにも無感覚《ブラゼ》になった子供のようなもので、アナトール・フランス[3]やジュリオ・ダンタス[4]の深い懐疑主義から何も学び取っていないのです。敬愛するパロディさん、今の私たちに必要なのはわずかばかりの純朴さ、無邪気さではないでしょうか？

1　薬の効能や調合、用途を記した政府の出版物。

2　スペイン語圏の国々にはこのように距離がそのまま地名になっていることがあり、その場合首都が起点となる場合が多い。

3　アナトール・フランス（一八四四―一九二四）。十九世紀後半から二十世紀にかけて活躍したフランスを代表する小説家、批評家。『シルヴェストル・ボナールの罪』『舞姫タイス』など。

4　ジュリオ・ダンタス（一八七六―一九六二）。ポルトガルの作家。『枢機卿の晩餐』など。

あの午後の会話はぼんやりとしか覚えていません。男爵夫人《バロンヌ》は真夏の暑さに耐えられないと言って、しきりに服の胸元をはだけてゴリアドキンの方にすり寄っていました（あのようなことをしたのは、私を挑発するためだったんですよ）。そういう手練手管に慣れていない彼は何とか逃れようとしていました。自分がおかしな立場に置かれていると知って、ダイヤモンドはいずれ値が下がるでしょうとか、本物のダイヤモンドが人造ダイヤモンドにとって代わられることはまずないでしょうとか、ブティックの経営にまつわる細々した話だとか、面白くも何ともない話を神経質そうな口振りでしゃべっていました。ブラウン神父は、自分がパンアメリカン急行の豪華な食堂車に腰をかけているのか、疑うことを知らない大勢の信者たちを前にしているのか区別がつかなくなった様子で、魂を救済するためにはそれを失う必要があるといった逆説めいたことを口にしていました。キリストの福音は本来明快なものなのに、神学者たちの愚かなビザンチン主義[1]のせいで訳の分からないものになってしまった、といったようなことも言っていました。

高い身分にともなう義務《ノブリス・オブリージュ》という言葉がありますが、男爵夫人《バロンヌ》からあのような意味ありげな誘いを受けたのにそれを無視すれば、野暮天といわれても仕方がないと考えて、私はさっそくその夜、忍び足で夫人のコンパートメントまで行きました。ドアの前にしゃがみ込んで、眠い目をこすりながら鍵穴から中をのぞき込み、小さな声でそっと『わが友《モナミ》ピエロ』[2]を口ずさんでみました。人生という厳しい戦いの場で戦士として戦い抜いてきた私にとって、あれはまさに休息のひとときだったのですが、その大切な時間を時代遅れのピューリタニズムの権化とも言うべきハラップ大佐にぶちこわしにされたんです。海賊まがいのことをやってのけたキューバ戦争[3]の生き残りである、髭面のあの老人は私の両肩をむんずとつかむと、高々と差し上げて紳士用トイレの前に立たせたのです。私もすぐさま反撃に出て、さっとトイレに飛び込むと、大佐の鼻先でぴしゃりと扉を閉めてやりました。二時間ばかり閉じこもっていたのですが、その間怪しげなスペイン語でまくし立てる大佐の訳のわからない脅し文句を聞かされました。その後、誰もいなくなったとわかって外に出ました。私は心の中で、『これで自由の身だ！』と叫ぶと、すぐさま自分のコンパートメントに引き上げたのですが、幸運の女神はまだ私を見捨ててはいなかったんですね。男爵夫人《バロンヌ》が部屋で私を待っていて、出迎えてくれました。そのうしろにゴリアドキンがいたんですが、彼は上着を着ているころでした。男爵夫人《バロンヌ》は女性らしい直感を素早く働かせて、ゴリアドキンという邪魔者がいては恋するカップルにとって必要な水入らずの雰囲気が台無しになると考

1　東ヨーロッパにおける宗教、政治面でのあまりにも複雑なシステムを批判するときに用いられた表現で、主として十九世紀に用いられた。

2　フランス民謡「月の光」の一節。「わが友《モナミ》ピエロ……扉を開けておくれ」と続く。

3　一八九八年、アメリカ海軍のメイン号が爆破された事件を機にはじまったアメリカとスペインの戦争。米西戦争とも呼ばれるこの戦いに敗れたスペインはカリブ海と太平洋岸の支配権を失った。

えたのか、黙ったまま部屋を出ていってしまいました。私は自分がどういう人間かよくわかっているので言わせていただきますが、もしあの場で大佐と顔を合わせていたら、決闘沙汰になっていたでしょう。しかし、列車の中でそういう騒ぎを引き起こすのはいただけません。それに、言いづらいことですが、私はもう決闘するような歳ではないんです。で、眠ることにしました。

それにしても、ヘブライ人の卑屈さというのは理解しがたいものがあります。ゴリアドキンがどのような下心を抱いていたのかはわかりませんが、私が部屋に入っていったせいでせっかくの目論見が台無しになってしまったのです。なのに、その瞬間から私に対してひどくなれなれしい態度をとり、キューバ葉巻のアバンティを差し出して気味が悪いくらい親切に気を配ってくれるようになったんです。

翌日は、誰もが不機嫌そうにしていました。私はああした暗い雰囲気が苦手なものですから、同じテーブルの仲間を元気づけようと、ロベルト・パイロー[1]にまつわるいくつかの逸話やマルコス・サストレ[2]の完璧というほかない警句を話題にのぼせたのですが、昨晩の不愉快な出来事がまだ尾を引いていたのでしょう、男爵夫人《バロンヌ》ピュファンドルフ＝デュヴェルノアはご機嫌斜めでした。あの災難《メザヴァンチュール》はブラウン神父の耳にも入っていたはずで、神父は剃髪した聖職者らしからぬ冷ややかな態度で夫人に接していました。

昼食のあと、私はハラップ大佐にひとつぃい勉強をさせてやりました。彼が過ち《フォー・パ》をおかしたからといって、私たちの変わることのない親密な関係がこわれるものではないということを教えてやるために、ゴリアドキンからもらったアバンティの葉巻を一本差し出し、火をつけてやったのです。つまり、白い煙の手袋で頬を叩いたというわけです。

列車で三度目の夜を迎えた日、私は若いビビローニに期待を裏切られました。初対面の人にはめったに打ち明けることのない自分の女性遍歴の一端を話してやろうとしたのに、彼は客室にいなかったんです。あのカタマルカ出身の混血の男が男爵夫人《バロンヌ》ピュファンドルフのコンパートメントにもぐり込んでいるのではないかと思うと、不愉快な気分になりましてね。私は時々シャーロック・ホームズまがいのことをやるんですが、あの日も監視の目を光らせている乗務員にパラグアイの古銭をつかませて、コンパートメントの中で何が行われているのかを探り出そうと、バスカヴィル家の残忍な猟犬のように耳を澄ましたんです。（大佐はすでに引き上げたあとでした）。その結果、客室は静まり返っていて、中は真っ暗だということがわかりました。私のいらだちもそう長くつづきませんでした。なんと、男爵夫人《バロンヌ》がブラウン神父のコンパートメントから出てきたのです。それにしても、あんなに驚いたことはありません。モンテネグロ家の人間には熱い血

1　ロベルト・パイロー（一八六七―一九二八）。ピカレスク小説の伝統を受け継いだ作風のアルゼンチンの作家。

2　マルコス・サストレ（一八〇九―八七）。ウルグアイの作家、教育者。

が流れているので仕方がないのですが、あの時はもう少しで乱暴な振る舞いにおよぶところでした。その後、男爵夫人《バロンヌ》は告解をするためにあの部屋を訪れたのだろうと考え直しました。男爵夫人《バロンヌ》の髪は乱れていて、服装は深紅のナイトガウンを羽織り、足には金の玉房がついた銀色のバレー・シューズを履いていたんですが、それほどけばけばしい感じはしませんでした。化粧はしていなかったのですが、やはり女性ですね、素顔を見られたくなかったのか、逃げるように自分の部屋に戻って行きました。私は若いビビローニからもらったまずいとしか言いようのない葉巻に火をつけると、物思いにふけりながら退却しました。

自分のコンパートメントに戻ると、驚いたことにひどく遅い時間だというのにゴリアドキンはまだ起きていました。私はほほえみかけました。舞台に立ち、クラブに出入りしているせいで夜更かしするようになった自分の習慣が、車中で丸二日間一緒に過ごしたためにあのぼんやりしたユダヤ人にも伝染したんでしょうね。むろん、新しい習慣はまだ身についていなかったのか、混乱し、神経質になっていました。私がうとうとしたり、欠伸《あくび》をしているというのに、彼はおかまいなく面白くも何ともない、おそらくは作り話と思われる身の上話をはじめて、こちらをうんざりさせました。見栄を張って自分は昔馬丁をしていて、その後皇女クラウディア・フィヨドロヴナの愛人になったと言っていましたよ。で、皇女と聴罪師アブラモヴィッツ神父が自分を信頼しているのにうまくつけ込んで、皇女からダイヤモンドの古い原石をかすめ取ったと私に打ち明けたんですが、あの時の彼の冷笑的な態度を見て、思わず『ジル・ブラース物語』[1]のこの上なく大胆なくだりを思い出しました。あの比類ない《ノンパレイユ》ダイヤモンドはカットに問題はあるものの、世界一価値のあるものだと思います。熱情と窃盗、そして逃走へと続くあの夜から二十年の歳月が流れたわけですが、当時彼らの祖国では赤い波が押し寄せて、すべてを奪い取られた偉大な皇女と信用ならない馬丁はツァーの帝国から追放される羽目になったのです。国境を越えるとすぐさま、三重の苦難の旅がはじまりました。つまり、皇女はその日のパンを求めてあちこち旅し、ゴリアドキンはダイヤモンドを返却しようと皇女を探し、国際強盗団の一味は盗まれたダイヤモンドを躍起になって探し回っていたんです。つまり、ゴリアドキンは追われつづけたわけです。彼は南アフリカの鉱山やブラジルにある研究所、ボリビアの青空市場で何度となく危険な目に遭い、貧困に苦しめられました。それでも、悔恨と希望の種であるダイヤモンドを手放すことはありませんでした。やがて、ゴリアドキンにとって皇女は官僚とユートピア主義者によって蹂躙された慈悲深くきらびやかなロシアの象徴となったのです。いくら探し求めても見つけだすことができないせいで、彼は皇女をいっそう深く愛するようになりました。少し前にわかったところでは、皇

1　フランスの作家ルサージュ（一六六八－一七四七）が書いた、スペインを舞台に愛すべき凡人ジル・ブラースの有為転変の生涯を描いた作品。第十六章に似たようなエピソードが語られている。

女は現在アルゼンチン共和国にいて、貴族らしい高慢さを失うことなくアベリャネーダ街でしっかりした事業を行っているとのことでした。そこで彼は、秘密の隠し場所に隠してあったダイヤモンドをついに取り出しました。皇女の居場所がわかった今となっては、ダイヤモンドを失うよりも自らの命を落とすほうがいいと考えたのです。

自分は馬丁でダイヤモンド泥棒だったと告白した男の口から長々と身の上話を聞かされたので、落ち着かない気持ちになりました。私はざっくばらんにその宝石は本当にあるのかどうかさりげなく尋ねてみました。この質問が功を奏したのでしょう、彼は人造のワニ皮の旅行用手提げカバンから、二つのまったく同じ宝石箱を取り出すと、そのひとつを開きました。宝石はたしかにありました。ビロードの内張りをしたケースの中で、コー・イ・ヌール[1]の兄弟といってもおかしくないダイヤモンドが燦然と輝いていたのです。人間に関することならどんなことでも私には奇異に思えないのですが、さすがにあの時は、かつてフィヨドロヴナと一夜をともにしたことのあるゴリアドキンが痛ましくてなりませんでした。そんな彼が今、騒々しい列車の中で皇女に会えるよう手を貸しましょうと安請け合いしたアルゼンチン人のこの私に向かって、心の中にわだかまっている自分の不安を打ち明けているんですからね。彼を励ましてやろうと思って、警察に追われるよりも、強盗団に狙われる方がまだましですよと彼を慰め、親しみを込めた鷹揚な態度で、実は以前サロン・ドレに警察の手が入ったことがありましてね、おかげでアルゼンチンでもっとも由緒ある家系のひとつに連なる私の名前が、恥ずべき警察の調書とかいうものに記載される羽目になったんです、と話してやりました。

あの時の友人の心理は実に奇妙なものでした。二十年間愛する人の顔を見ることができなかったというのに、明日会えるとわかったとたんに、彼の心は不安と苦悩にさいなまれはじめたのです。

それ《ダユール》も無理からぬことなのですが、私はボヘミアンとうわさされています。ですが実を言うと、こう見えて品行方正なほうなんです。あの時はすっかり遅い時間になったせいで、どうしても寝つけませんでした。間近に見たダイヤモンドと遠くにいる皇女のことが頭の中を駆け巡っていましてね。おそらく私の高潔で率直な言葉に感動したせいでしょうが、ゴリアドキンもやはり眠れないようでした。少なくとも、彼は一晩中、上の寝台で寝返りを打っていましたからね。

朝は私のためにふたつの喜ばしい驚きを用意してくれていました。ひとつは、はるか遠くに大草原のパンパが見えたことですが、パンパはアルゼンチン人で、かつ芸術家でもある私の心に直接語りかけてきました。陽射しが田園地帯に降りそそぎ、フェンスの支柱や有刺鉄線、アザミが恵みぶかい日光をあふれんばかりに浴びて歓喜の涙を流していました。空が急に明るくなって強

1 東インド会社がヴィクトリア女王に献上した一〇六カラットのインド産ダイヤモンド。

い陽射しが平原に降り注ぎ、その光を浴びた若い牛たちはまるで服を着替えたように思えました……。ふたつ目の喜びは、心理学的なものです。朝食用の心まで温まるマグカップを前にして、ブラウン神父が十字架は剣と相容れないものではないと断言し、いかにも権威と威信ありげな剃髪した頭を振り立てて、ハラップ大佐をなじり、あなたは愚かなロバであり、けだものだと言ったのです（私もその通りだと思いました）。神父はさらにつづけて、あなたは相手があわれな腰抜けだとわかるとふんぞり返るが、本物の男を前にするとこそこそ逃げ出す人間だと言い切ったのですが、ハラップはひと言も反論しませんでした。

聖職者の言った手厳しい言葉が何を意味しているのか理解できたのはその後のことです。というのも、あの夜にビビローニが姿を消していたのです。不幸な詩人は、元軍人のあの男に消されたんですよ」

「モンテネグロさん、ひとつおうかがいしたいんですが」とパロディは口をはさんだ。「あなた方の乗っておられた奇妙な列車はどこにも停車しないんですか？」

「パロディさん、あなたは一体全体どこにお住まいなんです？　パンアメリカン急行はボリビアとブエノスアイレスの間をノンストップで結んでいるんですよ。話を続けましょう。その午後の会話は今ひとつ盛り上がりませんでした。話といえば、行方不明になったビビローニのことばかりでした。そう言えばある乗客が、アングロサクソン人の資本家たちは鉄道による旅行ほど安全なものはないと吹聴しているが、こういう事件が起こると考え直さなくてはいけませんな、と言っていました。私は反論するつもりはなかったのですが、ビビローニは詩人気質の人ですから、考え事をしていて事故にあったのかもしれません、実は私もとりとめのないことを考えて、空想にふけることがよくあるんです、と自分の考えを述べました。柔らかな色彩と光に包まれた時間にそう言えばよかったのでしょうが、太陽光線が目まぐるしく旋回運動をしている黄昏時だったものですから、誰も私の言葉に耳を貸そうとしませんでした。日が暮れると、急に憂鬱な雰囲気に包まれましてね。時々、夜の暗闇の中からどこにいるかわからないフクロウの、しゃがれた病人の咳を思わせる気味の悪い鳴き声が聞こえてきました。あの時は乗客の誰もが頭の中で遠い過去の思い出をひっかきまわしたり、闇の世界の漠としたとらえがたい不安にさいなまれていたんでしょう。列車の車輪が単調な調子で『ビビローニハコロサレタ、ビビローニハコロサレタ、ビビローニハコロサレタ』とくり返していました。

その夜、夕食を済ませると、ゴリアドキンは（おそらく食堂車を包み込んでいる重苦しい雰囲気を振り払いたかったのでしょう）、軽率にも私と一対一でポーカーをしませんかと言いだしたのです。私は男爵夫人と大佐を交えて四人でやりましょうよと言ったのですが、彼は頑として聞き入れず、私と勝負したいと言い張りました。おかげで、あの二人はそばで見物する羽目になったのです。当然のことながら、ゴリアドキンの期待は無惨にもうち砕かれました。サロン・ドレの会員である私は見物人を失望させることはありませんでした。最初私の手札はあまりよくなかったのですが、そのあとこちらが父親のように相手を気遣ってこのあたりで切り上げましょうと言ったのに聞き入れず、ゴリアドキンは有り金全部、つまり三百十五ペソ四十センターボを失う羽目になったのです。その金は警察官にそっくり巻き上げられてしまいましたがね。あの情景は一幅の絵のようで、今も忘れることができません。平民対世間を知り尽くした男、欲に駆られた男対無欲恬淡な男、ユダヤ人対アーリア人というわけです。あの時の情景は私の心の中の画廊に大切な一枚の絵として飾られています。ゴリアドキンは一発逆転をと考えたのか、突然席を立って食堂車から出て行きました。間もなく人造のワニ皮の旅行用手提げカバンをもって戻ってくると、宝石箱のひとつを取り出してテーブルの上に置いたのです。そして、これまでに負けた、三百ペソとこのダイヤモンドを賭けて勝負しましょうと言いだしたのです。私は最後のチャンスを与えてやることにしました。カードを配り終わって自分の手札を見ると、フルハウスになっていました。互いにカードを見せ合い、皇女フィヨドロヴナのダイヤモンドは結局私の手に移ったのです。ユダヤ人はうなだれて《ナヴレ》部屋に引き上げて行きました。あの時は、さすがに気持ちが高ぶりましたよ！

誰にでもしかるべき名誉を《ア・トゥ・セニュール・トゥーベ・オヌール》というわけで、ポーカーの名手である私の勝利を食い入るように見つめていた男爵夫人《バロンヌ》が手袋をした手で拍手したのですが、これが勝利に花を添えてくれました。

サロン・ドレではいつも言われていることですが、私は物事を中途半端で終わらせない性格ですから、実際《イプソ・ファクトウ》すぐボーイを呼んで、ワインのリストをもってくるように言いました。ざっと目を通してみると、シャンパンのエル・ガイテーロが良さそうだったので、ハーフ・ボトルをもってくるように言って、男爵夫人と祝杯を挙げました。

ある人がクラブに出入りしているかどうかは一目見ればわかります。というのも、あれだけの大きな勝負をしたあとですから、ふつうの人ならおそらく一晩中眠れなかったでしょう。ところが、私は二人きりでいるのが急に煩わしくなって誰もいない自分のコンパートメントに戻りたくなったんです。欠伸まじりに弁解して、誰もいない自分のコンパートメントに引き上げることにしました。しかし、よほど疲れていたんでしょうね、果てしなくつづく列車の通路を夢うつつの状態で歩いていたのをぼんやり覚えています。アルゼンチン人の乗客が好き勝手なことをしないようにとアングロサクソン系の会社はいろいろとうるさい規則を設けていましたが、私はそれを無視していいかげんに見当をつけたコンパートメントに潜り込むと、宝石を盗まれないように内側から掛け金をかけました。

恥ずかしい話ですが、パロディさん、あの夜私は服を着たまま丸太ん棒のように寝台車のベッドの上に倒れ込み、そのまま眠り込んでしまったんです。

精神的な疲労がたまっていたんでしょうね、あの夜は一晩中おそろしい悪夢に悩まされつづけました。ゴリアドキンがふざけたような声で、『ダイヤモンドのありかは絶対に教えない！』とくり返している言葉が夢の中に何度も《リットルネッロ》出てきました。私は驚いて目を覚ますと、真っ先にポケットの中に手を突っ込んで探ってみました。幸い、正真正銘のあの比類ない《ノン・パレイユ》ダイヤモンドの入った宝石箱はちゃんとポケットの中にありました。

　ほっとして、客室の窓を開けてみました。

　空は明るくなっていて、涼しい風が吹き、早起きの小鳥たちが狂ったように騒ぎ立てている一月はじめの靄《もや》がかかった早朝でしたが、朝はまだ白いシーツにくるまって、眠そうにしていました。

　その時、朝の詩的な気分から一転して散文的な世界に引き戻されたんです。ノックする音が聞こえたので開けると、目の前に警察の副署長グロンドーナが立っていました。この部屋で何をしているんだねと尋ねたあと、返事も聞かずにあんたのコンパートメントへ行こうと言いました。私はツバメと同じで自分の帰るところをまちがえたことは一度もありません。ところが、信じられないことにとなりのコンパートメントで横になっていたのです。私のコンパートメントは足の踏み場もないほど荒らされていました。それを見て呆然としていると、グロンドーナが何も驚いたふりをしなくともいいだろうと言ったんです。それからあとのことは新聞でお読みになったとおりです。ゴリアドキンは列車から突き落とされました。車掌が叫び声を聞いて、非常ベルを鳴らしたのです。サン・マルティン駅に着くと、警官が乗り込んできました。私はみんなから犯人扱いされましたが、男爵夫人《バロンヌ》まで一緒になって騒ぎ立てました。おそらく前夜のことを根に持っていたんでしょうね。こう見えても、私は観察力のある方でして、警官がやってきて大騒ぎになったんですが、そんな中でも大佐があの髭をそり落としていることに気がついたんです」

Ⅱ

翌週、モンテネグロはふたたび刑務所に姿を現した。護送車の静かな後部座席で彼は、二七三号独房の住人で、新しい被保護者であるイシドロ・パロディを啓発してやろうと、あまりぱっとしないコントを十四以上、ガルシア・ロルカのスペルをもとにアクロスティック[1]を七つ以上考えだした。けれども、頑固な理髪店主は囚人用の帽子から手垢にまみれた一組のカードを取り出すと、一対一でトゥルーコ[2]をやりましょうと誘った、というかむりやり相手をさせた。

「どんなカード遊びをしても、私には勝てませんよ」とモンテネグロが言った。「先祖から受け

1 詩の各行の冒頭など特定の文字をとり、順番に並べると意味をなす、一種の遊戯詩。
2 ラテンアメリカでよく行われるカードゲームの一種。

継いだ地所に銃眼のついたお城が建っているんですが、水量豊かなパラナ川の川面に塔が映し出されるその城で、元気づけてくれる社交界の人たちや気のおけないガウチョを相手に田舎らしい手すさびをしたものです。カードの法則に関して言うべきことは何もないというのが私のモットーですが、それを聞いてパラナ川のデルタ地帯で長年トゥルーコをやってきた白髪頭の連中は縮み上がったものです」

(二度やって二度とも勝てなかった)モンテネグロはすかさず、シュマン・ド・フェール[1]やオークション・ブリッジを夢中になってやってきたものとしては、トゥルーコはどうも単純すぎますねと負け惜しみを言った。

パロディはその言葉に耳を貸さずにこう言った。

「満足にトゥルーコもできないようなこの年寄りにあなたはやり方を教えてくださったわけですから、お返しにひとつ面白いお話をしましょう。これは大変勇敢ではあったが、不幸に見舞われたある人の話ですが、私はその人を心から尊敬しています」

「あなたが何を話そうとなさっているのかわかっていますよ、親愛なるパロディさん」モンテネグロはさりげなくスブリーメの方に手を伸ばしながら言った。「私を尊敬しているというのでしょう。それはあなたにとっても名誉なことです」

「いや、あなたのことではありません。ロシアからやってきた面識のない外国人で、今はもう故人になっておられる方です。その人は高価なダイヤモンドをもっているある貴婦人の御者だか馬丁をしていました。その女性はお国では皇女だったのですが、愛に貴賤はありませんからね……。その若者は思いもよらない幸運に恵まれたのですが、彼にはひとつ弱点があって——誰にでもあるものですが——、ダイヤモンドを持ち逃げしてしまったのです。後悔先に立たずとはよく言ったもので、その後極左主義革命が起こったために、二人は別れ別れになりました。彼はまず南アフリカのある土地へ行き、ついでブラジルへ逃れたのですが、強盗団は何としても宝石を奪い取ろうとしていました。彼が巧妙にダイヤモンドを隠したものですから、強盗団はついにそれを奪い取ることができなかったんです。彼は自分のためにそれを隠したのではなく、貴婦人に返すつもりでいたのです。長い年月がたち、さまざまな紆余曲折があったのち、その貴婦人がブエノスアイレスに住んでいることが判明しました。ダイヤモンドをもって旅をするのは危険この上ないことだったのですが、彼はひるみませんでした。しかし強盗団は列車の中まで追いかけてきました。ひとりは神父に変装し、もうひとりは軍人、あとのひとりは田舎もの、女は顔に厚化粧をしていました。そんな乗客の中にアルゼンチン人の、少々そそっかしいところのある俳優が

1　アルゼンチンでよく行われるカード遊びの一種。次のオークション・ブリッジも同じく人気のあるカード遊びの一種。

混じっていたのです。この若い俳優は役作りのために扮装する人たちと一緒に仕事をしてきたものですから、そうした連中を見ても妙だとは思わなかったのです……。しかし、それが茶番であることは、少し見ればわかるはずです。あまりにも役者がそろいすぎていますからね。探偵ニック・カーター[1]が登場するさまざまな雑誌から名前をとってきた神父、バンカラーリに住むカタマルカ県出身の田舎者、今回の件には皇女がからんでいるというので男爵夫人になりすました女、それに一晩のうちに髭を剃り落とし、おそらく八十キロはあるあなたの体を「高々と差し上げて」、トイレに閉じこめた老人といった面々です。連中は何としても宝石を手に入れるつもりでしたし、それを実行に移すための夜が四回あったのです。一日目の夜は、あなたがゴリアドキンのコンパートメントに転がり込んだので、連中の計画は台無しになりました。二日目の夜も、あなたは何も知らずに彼を救ったのです。あの日、夫人は愛しているとか何とか言ってあなた方のコンパートメントに入り込んだのですが、あなたが突然戻ってきたので退却せざるを得なくなったのです。三日目の夜は、あなたが男爵夫人《バロンヌ》のコンパートメントのドアにぴったり貼りついている間に、カタマルカ出身の男がゴリアドキンに襲いかかりました。しかし、うまく行かず、逆にゴリアドキンに列車から突き落とされたのです。あの日ロシア人の彼が神経質になって、ベッドでしきりに寝返りを打っていたのは、そのせいです。彼はその時のことやこれから起こることを考えていたのですが、おそらく、もっとも危険な四日目の夜のことを考えていたのでしょう。その時に彼は、魂を救済するためにそれを失う人たちがいるという司祭の言葉を思い出しました。そこで、自分の命を捨て、ダイヤモンドを失うことで、逆にダイヤモンドを救おうと心に決めたのです。あなたは彼に警察の調書の話をしましたね、その話を聞いて、自分が殺されるようなことがあれば、真っ先にあなたが疑われるだろうと考えたのです。四日目の夜、彼は宝石箱をふたつ取り出しましたが、それを見て連中は、ダイヤモンドは本物と偽物のふたつあると思わせようとしているんだなと勘ぐったのです。みんなの見ている前で、彼はカードの下手な男とポーカーをしてそのダイヤモンドをとられてしまいました。それを見て、今度は本物のダイヤモンドをポーカーで巻き上げられたと思わせようとしていると考えたわけです。そこであなたのリンゴ酒に睡眠薬を入れて眠らせました。その後、ロシア人のコンパートメントに押し入り、ダイヤモンドをよこせと迫ったのです。あなたは、彼がくり返しどこにあるか知らないと言うのを夢うつつで聞いたのでしょう。たぶん彼は連中を欺くために、あなたがもっていると言ったにちがいありま

1　十九世紀末にアメリカの読物雑誌に登場して大評判になった探偵で、ダイム・ノヴェル（大衆廉価本）でも人気を博し、多くの読者に愛され続けた。二十世紀後半までさまざまな作家がこの人物を主人公に探偵小説を書き続けたことはよく知られているが、ただこの短編に登場するブラウン神父とG・K・チェスタトンが創造したあの愛すべきブラウン神父がどのように結びつくのかは判然としない。ひょっとすると、ボルヘスとビオイ＝カサーレスの思い違い、あるいは二人が仕掛けたいたずらかもしれない。

せん。この策略はみごとに成功したのですが、あの勇敢な男は明け方、悪魔のような連中に殺されてしまいました。けれども、ダイヤモンドはあなたのポケットの中で安全に守られていました。彼の読み通り、ブエノスアイレスに着いたとたんに、警察があなたを逮捕し、宝石はもとの持ち主に戻ったのです。

彼はおそらく、二十年ものあいだ皇女に辛い思いをさせてきたのだから、自分はこれ以上長生きしても仕方ないと考えたのでしょう。その皇女は今、売春宿を経営しています。私があなたであっても、間違いなくおそろしい思いをしたことと思います」

モンテネグロは二本目のスブリーメに火をつけた。

「よくある話ですね」と彼は言った。「芸術家の鋭い直観を歩みの遅い知性があとづけたというわけですね。私は最初からピュファンドルフ゠デュヴェルノア夫人、ビビローニ、ブラウン神父、それにとりわけハラップ大佐が怪しいとにらんでいたんです。パロディさん、どうかご心配なく、近々警察に出頭して今回の事件の真相を話してきます」

——ケケン、一九四二年二月五日

雄牛の神

〔主要登場人物〕

カルロス・アングラーダ――奇行で知られる風変わりな詩人・作家・批評家。
ホセ・フォルメント――詩人。カルロス・アングラーダの弟子であり秘書。
マリアーナ――マリアーナ・ルイス・ビリャルバ・デ・ムニャゴーリ。愛称〈モンチャ〉。
マヌエル・ムニャゴーリ――〈モンチャ〉の夫で、農場〈ラ・モンチャ〉の所有者。
ミス・ビルハム――ムニャゴーリ夫妻のひとり息子パンパの女家庭教師。
ヘルバシオ・モンテネグロ――皇女フィヨドロヴナと結婚し、趣味としての犯罪捜査に明け暮れている。

詩人アレグザンダー・ポープ[1]の思い出に

I

詩人のホセ・フォルメントは、(フロリダ街とトゥクマン街の角にある)芸術会館に集まった紳士淑女を前にして、彼ならではの男らしい率直さでためらうことなくこうくり返した。「わが師カルロス・アングラーダと十八世紀的な人物モンテネグロの論争を、私は心から喜んでおります。言ってみれば、マリネッティ[2]対バイロン卿[3]、四十馬力の車対貴族が利用する無蓋軽装二輪馬《ティバリ》

---

1 アレクザンダー・ポープ(一六八八―一七四四)。十八世紀イギリスの詩人。すぐれた詩業のほかに痛烈な風刺をこめた散文も数多く残している。

2 フィリッポ・トンマーゾ・マリネッティ(一八七六―一九四四)。イタリアの詩人で、未来派の創始者。機械とスピードを重んずる前衛主義芸術運動ディナミズモを主唱。

3 ジョージ・ゴードン・バイロン(一七八八―一八二四)。イギリス・ロマン派を代表する詩人。

車[イ]、機関銃対細身の剣の対決にほかなりません」。互いに相手を高く評価している当事者の二人も今回の論争を楽しみにしていた。手紙が盗難にあったと知って、（皇女フィヨドロヴナと結婚したあと舞台から身を引き、余暇を長大な歴史小説の執筆と犯罪捜査にあてていた）モンテネグロは、自分の洞察力と名声を利用していただいてもいいのですが、その前にできれば二七三号独房に収監されている自分の協力者であるイシドロ・パロディのもとを訪れてみられるといいでしょうとアングラーダに勧めた。

パロディは読者とちがって、カルロス・アングラーダのことをよく知らなかった。彼の『老いさらばえたパゴダ』（一九一二）に収められているソネットを丁寧に読んでいなかったし、汎神論的なソネット『私は他者である』（一九二二）、大文字で書かれている『私はこの目で見て、大笑いする』（一九二八）も、生得論者的な作品『あるガウチョの身分証明書』（一九三一）、『億万長者のための頌歌《オード》』（限定番号を打った版が五百部出版されていて、一九三四年にはドン・ボスコ[1]遠征隊社から出版された廉価版があり、そこに収められている）と題された詩のほかに、『パンと魚の応答唱歌』（一九三五）、さらに突拍子もないと思われるかもしれないが、（『ミノタウロス[2]選定・編集により印刷された潜水士のメモ、一九三九』と記された）試験管出版社の学識をうかがわせる奥付にも目を通していなかった[*]。気の毒にもこの二十年間牢内で暮らしてきたせいで、彼は『カルロス・アングラーダの足跡（ある抒情詩人の軌跡）』という研究書を読む時間さえなかったことをここで正直に申し上げておかなければならない。この見落とすことのできない著書の中でホセ・フォルメントは、師に導かれて自分が生きたさまざまな時代について語っている。まず、モデルニスタ[3]として第一歩を踏み出したアングラーダは、次にホアキン・ベルダ[4]の作品を模倣した（時には、それを引き写した）作品を書いた。一九二一年、汎神論的な熱情にとりつかれた彼は、完全な形で自然と一体化したいと願うあまりあらゆる履物を拒絶し、ビセンテ・ロペスにあるしゃれた別荘の花壇のあいだを足から血を流し、びっこを引きながら歩き回った。その後冷たい主知主義を切り捨て、女性の家庭教師を伴い、チリで出版されたロレンスの訳本を持ってパレルモの湖に足繁く通ったことは間違いない。その時は子供っぽい水兵服を身につけ、フー

＊〔原注〕カルロス・アングラーダの模範的な書誌を作るのであれば、以下の作品も含めなければならない。生々しい自然主義小説『サロンの肉体』（一九一四）、その作品を勇敢にも否定した『サロンの精神』（一九一四）、すでに過去のものとなった宣言『ペガサスへの言葉』（一九一七）、旅行記『すべてはプルマン車からはじまった』（一九二三）、それに〈ゼロ〉誌のバックナンバー四冊（一九二四―二七）。

1　ドン・ボスコ（一八一五―八八）。イタリアのカトリック教の神父で、教育者として世界中の人々に大きな影響を与えた。

2　ギリシア神話に出てくる牛頭人身の怪物で、ミノス王によって迷宮に閉じ込められた。

3　ニカラグアの詩人ルベン・ダリーオを中心に、一八八〇年代のイスパノアメリカで始まった大胆な芸術至上主義的な詩の運動をモデルニスモと言い、モデルニスタというのはその運動に加わった詩人を指す。

4　ホアキン・ベルダ（一八八三―一九三五）。スペインの大衆作家。売春宿や喜劇役者の世界を活写した。

プと子供用のスクーターで守りを固めた。『億万長者のための頌歌《オード》』でニーチェ的な覚醒を経験するが、聖体大会の一般洗礼者になったときに、アソリンの記事をもとに貴族的な価値を賞讃した作品を安直に書いたことを後悔した。最後に彼は愛他主義に傾き、地方に目を向けるようになる。そこで師は批評家として鋭いメスをふるいつつ、世に埋もれた若い詩人たちを発掘し、彼らが作品を発表する場として試験管出版社を紹介した。その出版社には百人以上の定期購読者がおり、何冊かの小冊子《プラケット》の刊行が予定されていた。

カルロス・アングラーダは書誌解題や肖像写真からうかがえるような人を不安に陥れる人物ではなかった。青い容器でマテ茶をたてていたドン・イシドロは顔を上げて男の方を見た。背が高くて逞しい体つきの赤ら顔の人物で、年の割には頭がはげ、目には強情で不機嫌そうな表情が浮かび、あごひげを黒く染めていた。ホセ・フォルメントがおもしろおかしく書いているように彼はチェックの服を着ていた。アングラーダをそのまま小ぶりにしたような人物がそばに付き添っていた。禿頭、眼、あごひげ、がっしりした体つき、チェックの服、どれをとっても瓜二つだったが、全体に小振りだった。察しのいい読者はもうお気づきだろうが、その若者がアングラーダの使徒であり、福音伝道者のホセ・フォルメントだった。彼の仕事は決して楽なものではなかった。現代精神のフレゴリ[1]とも言うべきアングラーダはあまりにも変わり身が早かったので、『おしっこ－揺りかご[2]』（一九二九）、『鶏と卵の卸売業者のためのメモ』（一九三二）、『支配人のための頌歌』（一九三四）、『天上の日曜日』（一九三六）といった作品を書いているフォルメントのように、疲れを知らない献身的な弟子でなければとても師についてゆけなかっただろう。周知のように、フォルメントは師を崇拝していた。師は心のこもった思いやりのある態度でそれに応えていたが、時にやんわりたしなめることもあった。フォルメントは弟子であるだけでなく秘書でもあった――つまり、偉大な作家である自分が書いた原稿に句読点を打ったり、余計なh[3]を削除させたりするために雇っている、使い勝手のいい便利屋《ボン・ア・トウ・フェール》のような存在だった。

アングラーダは直ちに本題に入った。

「お許しをいただいて」と彼は言った。「オートバイのようにストレートに話させていただきます。私がここへやってきたのはヘルバシオ・モンテネグロに勧められたからです。正直言って、私自身は囚人が犯罪事件の謎を解くのは適切だとは思いませんし、今後もその考えは変わらない

1　レオポルド・フレゴリ（一八六七―一九三六）。イタリアの俳優。ほかにも歌手、ダンサー、詩人など何でもこなすところから変容者の異名をとり、ある時など彼ひとりで数十人の異なるキャラクターを演じて海外でも名声を博した。ブエノスアイレスの舞台にも登場して大評判になった。

2　原文は pis-cuna だが、pis は「おしっこ」、cuna は「揺りかご」を意味する。作者たちはここで「プール」を意味する piscina という単語を使って言葉遊びをしている。

3　スペイン語では、hは発音しない。そのために時に勘違いして不要なhを付け加えてしまうことがあり、それを削除するという意味。

でしょう。事件そのものはそれほど込み入ったものではありません。周知のように私はビセンテ・ロペスに住んでおります。書斎、よりわかりやすく言えば私の隠喩工場には鉄製の金庫があり、鍵のついたその多面体の箱の中に手紙の束がしまってあります――より正確には、しまってありました。これは秘密でも何でもありません。文通の相手は私の崇拝者で、親しい人たちからモンチャの愛称で呼ばれているマリアーナ・ルイス・ビリャルバ・デ・ムニャゴーリです。私は自分の手札を隠したりしません。中傷めいた噂も流れておりますが、私と彼女のあいだには肉体関係はありません。私たちはもっと高い次元、つまり感情と精神の世界を遊泳しております。しかしながら、こうした親愛の情というのはアルゼンチン人には理解できないでしょうね。マリアーナは心のやさしい方です。それだけでなく、美貌にも恵まれています。あふれんばかりの才能を備えたあの女性には、近代的なあらゆる脈動を感じ取るアンテナが備わっています。私の処女作『老いさらばえたパゴダ』を読んで、彼女はソネットを書くようになりました。私は彼女の十一音節の詩に手を加えたことがありますが、アレクサンドル格の詩型が混じっていたところを見ると、彼女には自由詩を書く天賦の才が備わっているんでしょう。事実、現在は散文のエッセイにも挑戦しています。これまでに、「雨の日」「愛犬ボブ」「春の最初の一日」「チャカブコの戦[1]」「ピカソが好きな理由」「なぜ庭を愛するのか」などを書いています。しかし、ひとまずあなたにとってより身近な犯罪事件の細部に潜水夫のように潜って行くことにしましょう。周知のように、私は根っから社交的な人間です。八月十四日、私は興味深い人たち、つまり試験管出版社の出版物に執筆しているすべての作家と定期購読者のために自分の別荘の扉を開放しました。作家たちは自分の原稿を本にしてほしい、そして定期購読者は払った金を返してほしいと要求していました。そんな中、私は水中を航行する潜水艦のように幸せな気分に浸っていましたし、活気に満ちた会合は朝の二時までつづきました。私は何よりも戦士ですから、肘掛け椅子とスツールでバリケードを作って、食器類の大半を守り抜きました。

ディオメデス[2]というよりもオデュッセウスに似ているフォルメントは、木製のトレイにいろいろなおやつとオレンジエードを載せ、それでわめいている連中をなだめようとしました。しかし、それが逆に火に油を注ぐ結果になり、誹謗者からいっそう激しく攻撃される羽目になったのですから、フォルメントはかわいそうでしたね。最後の消防士《ポンピエ》が引きあげた後、フォルメントは忘れられないほど敬虔な態度で、私の顔にバケツいっぱいの水を浴びせてくれたのですが、それで三千ワットの明晰さがよみがえってきました。気持ちが落ち着いたおかげで、アクロバティックな

1　現在のラテンアメリカ諸国はスペインの植民地としてその統治下にあったが、十九世紀前半に独立の機運が高まり各地で独立のための戦いがはじまる。チャカブコの戦いはそうした独立戦争の一環で、この戦いでチリが独立を果たした。

2　トロイア戦争でオデュッセウスとともに活躍した英雄。

詩が生まれてきたのです。「衝動の上に立って」と題したその詩の最後の行は、〈至近距離で死神を銃殺した〉というものです。潜在意識の中のその大切な宝物を失ってはいけないと思い、次の日を待たずに私は弟子を追い払うことにしたのですが、彼は大激論を戦わせたときに財布をなくしていました。そこで率直に、サアベドラまで行くお金を貸していただけないかと言ったのです。絶対安全なベテーレ社の金庫の鍵は私のポケット深くに隠してありました。私はそれをとりだし、鍵穴に差し込んで回しました。必要なお金は見つかったのですが、モンチャ——失礼、マリアーナ・ルイス・ビリャルバ・デ・ムニャゴーリ——の手紙が見あたらなかったのです。ショックを受けはしましたが、そのことで意気消沈することはありませんでした。喜望峰ならぬ、思索峰にしっかり立って、屋敷とその回りを、温水器から汚水溜めまで調べ上げたのですが、無駄骨に終わりました」

「手紙は別荘にないとはっきり断言できます」とフォルメントがくぐもった声で言った。「十五日の朝、私は『カンパーノ図解事典』[1]から抜き出した先生の調査研究に必要な資料を持って別荘に帰りました。その時に、もう一度屋敷を調べさせていただけないでしょうかと申し出て調べたのですが、結局何も見つかりませんでした。いや、そうじゃありません。アングラーダ氏とアルゼンチン共和国にとって貴重なあるものが見つかりました。著者がうっかりして地下室にしまったまま忘れていた宝物、つまり今では絶版になっている作品『あるガウチョの身分証明書』が四九七部残っていたのです」

「弟子が文学的熱情に駆られてつい余計なことを言ったようですが、お許しください」とカルロス・アングラーダがあわてて取りなした。「あなたのようにもっぱら刑事事件に関心を抱いておられる方が、こういう学問的な発見などに興味を抱かれることはないでしょう。事件というのは、手紙が消えてしまったことなのです。あの中には立派な貴婦人の感情の震え、灰色の頭脳と感情が生み出した思索が記されています。それが良心のかけらもない人間の手に渡ったりすれば、スキャンダルの種になりかねません。世に知られた女性の壊れやすい内面とインパクトのある文体（その文体に私が朱を入れているのですが）が結びついたヒューマン・ドキュメント、それがあの手紙なのです。要するに《ブレフ》、アンデスの向こうのチリの海賊出版社にとってまさに垂涎の的になるものであることは間違いありません」

Ⅱ

一週間後、エラス街にある国立刑務所に一台のとてつもなく大きなキャディラックがとまり、

1　一八八九年、フランスで出版された百科事典で、その後スペイン語版が出版されて広く読まれた。

ドアが開いた。グレーの上着に派手なズボン、明るい色の手袋、犬の頭部をかたどった握りのついたステッキという出で立ちの紳士が、いささか古風《シュランネ》ではあるが優雅な物腰で車から降り立つと、しっかりした足取りで敷地内に入っていった。

副所長のグロンドーナがうやうやしくその人物を出迎えた。紳士はブラジル製の葉巻を受け取ると、二七三号独房まで案内させた。紳士の姿を見かけると、ドン・イシドロは大急ぎでスブリーメを囚人帽の下に隠し、愛想良くこう言った。

「ようこそお越しくださいました。そのご様子から察するに、アベリャネーダ街の肉屋さんは商品が売れて笑いが止まらないんじゃないですか。どうやら太られたようですが、そのあおりをうけて肉を口にできない人もいるんでしょうね」

「図星《トウシエ》、まさに図星《トウシエ》です、親愛なるパロディさん。たしかに太りました《アンボンポワン》よ。そうそう、皇女からも、よろしくとのことでした」とモンテネグロが青い煙を二度吐き出す合間に言った。「友人のカルロス・アングラーダはめったに見かけないほど機知にあふれた人なんですが、ただラテン系の人間特有の自制心の欠如が玉に瑕《きず》です。ともあれ、その彼からもよろしくとのことでした。ここだけの話《インテル・ノス》ですが、彼の言い回しはいささか思い入れが強すぎました。実は昨日、彼が突然私の書斎に飛び込んできましてね。ドアを二度乱暴に閉め、喘息《ぜんそく》持ちのように息をあえがせていたので、観相学を多少ともかじった人なら、カルロス・アングラーダが苛立っていることはすぐに見て取れたでしょう。彼が冷静さを失っているのは、交通渋滞のせいだということは一目でわかりました。あなたは監獄の中で規則正しい生活を送り、心を騒がせる刺激から遠ざかっておられますが、これはまことに賢明な選択です。市の中心にあって、ここは小さなオアシスのような別世界です。われわれの友人は思いのほか軟弱な人間で、何でもないことでも震え上がってしまうんです。正直言って、精神的にもっとタフだと思っていたんですがね。手紙が盗まれたとわかったとき、最初のうちはプレイボーイ《クラブマン》らしい平静さを装っていました。しかし、昨日になってそれが見せかけでしかないことがわかったんです。彼は傷ついて《ブレセ》いました。私のオフィスで葉巻の心地よい香りに包まれ、一九三四年もののマラスキーノ酒[1]を前にしているというのに、ついに仮面をかなぐり捨てたのです。彼がびくつくのもわからなくはありません。モンチャの書簡が公表されるようなことになれば、社交界は大打撃を受けるでしょう。彼女はその美貌、財産、家柄、社会的地位からして特別な存在《オルコンクール》なのです。言ってみれば、ムラーノ・ガラス[2]の器に入った現代精神と言うところでしょうか。カルロス・アングラーダは消え入りそうな声で、あの手紙が公表されれば自分はきっと破滅するだろうし、名誉を守る戦いでどう考えても正しいとは言えないやり方

1　マラスカ種のサクランボで作る甘い果実酒。
2　イタリアのヴェネツィアに近いムラーノ島で作られる有名なガラス製品。

でムニャゴーリを殺害するような行動《ブゾーニュ》に出るかもしれないと泣き言を口にしました。だからといって、あなたまで冷静さを失わないでください、敬愛するパロディさん。私は何とか事態を収拾したいと考えています。その第一歩として、カルロス・アングラーダとフォルメントを招待して、ムニャゴーリ家の所有する農場ラ・モンチャヤで何日か過ごすことにしたのです。ムニャゴーリのおかげでピラール地域全体が発展したことは認めざるを得ません、これは高い身分にともな《ノブリス・オブリ》う義務《ージュ》です。できればその奇跡をあなたに間近でつぶさに見ていただきたかったですね。そこは国民文化の伝統が生き生きと、かつ力強く保たれている数少ない農場のひとつです。農場主は旧弊な考えに凝り固まった暴君のような人物なんですが、その人が突然現れたところで、親しい仲間の集いに影が差すことはありません。マリアーナはきっとおいしい料理で丁重にもてなしてくれるでしょう。はっきり申し上げておきますが、今回の旅行は芸術家である私の気まぐれから生まれたものではなく、主治医のムヒーカ博士から、あなたは過労気味《シュルムナージュ》だから、思い切って休養された方がいいでしょうと勧められたのです。マリアーナが言葉を尽くして説得したというのに、皇女はアベリャネーダ街で片づけなければならない仕事が山積していて、同行できないと言われました。私の方は春のはじめまで向こうで保養《ヴィルジャチュール》することにしました。お気づきだと思いますが、私はどのような荒療治でも尻込みしません。そういうわけで、今回の事件、つまり手紙を取り戻す仕事をあなたにゆだねたいのです。明朝の十時に、陽気な車のキャラバンがリバダビアの記念碑の前を出発して、地平線が果てしなく広がり、自由を約束してくれるラ・モンチャへ向かうことになっています」

ヘルバシオ・モンテネグロはさりげなくバセロン・コンスタンチンの金時計に目をやった。

「時は金なりです」と彼は叫んだ。「これから刑務所のお仲間《コンフレール》であるハラップ大佐とブラウン師を訪れることになっています。少し前に、サン・フアン街に住んでいるピュファンドルフ＝デュヴェルノア男爵夫人（本名はプラトロンゴというんですが）に会ってきました。威厳ある態度は以前と変わりありませんが、彼女が喫っているアビシニア・タバコはいただけませんね」

Ⅲ

九月五日の午後遅くに腕に喪章を付け、雨傘を持った面会人が二七三号独房を訪れた。男はすぐにしゃべりはじめた。葬儀屋のように屈託なげな話し方ではあったが、何か気がかりなことがあってやってきたことにドン・イシドロは気がついた。

「私は黄昏時の太陽のように、そこで磔《はりつけ》になっています」ホセ・フォルメントは洗濯場に通じている通気口のあたりを指差しながらそう言った。「あなたならきっと、師が迫害を受けているのに、懸命に社会の要請に応えようとしている私をユダだとおっしゃることでしょう。ですが、私がここにやってきたのはまったく別の理由からです。あなたはここで長年にわたって官憲と身近に接してこられたわけですから、そこで培われた影響力を行使していただけないかと思ってお願いにあがった、というかそう懇願しようと思ってやってきたのです。慈善行為には愛が不可欠です。カルロス・アングラーダが農村の青年運動に訴えかけた文章の中で言っているように、トラクターを理解するには、トラクターを愛さなければいけない。それと同じで、カルロス・アングラーダを理解するには、カルロス・アングラーダを愛さなければいけないんです。師の書いた本は、おそらく犯罪捜査には役に立たないでしょう。ここに『カルロス・アングラーダの足跡』と題された拙著を持ってきています。批評家を惑わせ、警察ににらまれているあの方は、まるで子供のように衝動的なところがあるんです」

彼はそう言っていいかげんに本を開くと、パロディの手の上に置いた。見ると、頭こそ禿げているが、水兵服を着たエネルギッシュなカルロス・アングラーダが写っていた。

「あなたは写真家としてすばらしい腕をお持ちですね。ですが、今私が知りたいのは、二十九日の夜以降に起こった出来事なのです。それに、できれば皆さんがどういう行動をとったかも教えていただきたい。モリナリが書いたものにも目を通しましたが、あの方は、頭はいいんですが、写真をとるように何もかも細大漏らさず書くものですから、事実関係がうまくつかめないんです。慌てることなく、事件のあらましを、順を追ってお話しいただけませんか」

「では、事実をスナップ写真風に話すことにします。二十四日に私たちが農場に着きますと、和気あいあいとした雰囲気に包まれていました。レッドファーン・ブランドの乗馬服に、パトゥのケープ、エルメスのブーツを身につけ、エリザベス・アーデンのアウトドア用の化粧品をつけたマリアーナ夫人がいつものように気の置けない態度で私たちを迎えてくれました。アングラーダとモンテネグロの二人は夜になってからも日没について議論を戦わせていました。アングラーダが、黄昏は道路の砕石をがつがつむさぼり食う車のヘッドライトには到底かなわないと言うと、モンテネグロは、日没はマントゥアーノのソネットにはとても及ばないと反論しました。激論を戦わせていた論客二人はビター入りのヴェルモットを飲んでようやく静かになりました。マヌエル・ムニャゴーリ氏が私たちの訪問を受け入れてくれたのは、モンテネグロ氏のとりなしのおかげです。八時ちょうどに、家庭教師（実を言うと、これがじつに品のない金髪女だったんです）が幸せな夫婦の一粒種であるパンパ少年をつれてきました。階段の上でマリアーナ夫人が両腕を広げると、ナイフに短ズボンというガウチョ風の出立ちの少年がやさしい母親の胸の中に飛び込んでゆきました。毎晩くり返される情景なんですが、それを見て卑俗なボヘミアン的生活にあっても、家族のきずなは消えずに残されていると感心しました。女の家庭教師はすぐにその子を向こうへ連れて行きました。その時ムニャゴーリは、あらゆる教育は、棒を惜しめば子供がだめになる、というソロモンの戒律に要約されると説明しました。それを聞いて、あの子がナイフを持ち、短ズボンをはいているのは、その戒律を実践しているからだと納得がゆきました。

二十九日の夕方、私たちはテラスから荘重ですばらしい雄牛の行進を眺めたのですが、地方色豊かなあのような情景を目にすることができたのはひとえにマリアーナ夫人のおかげです。あの方がおられたので、ほかにもいろいろと楽しい思いをさせていただきました。率直に申し上げて、ムニャゴーリ氏がすぐれた畜産家であることは間違いないのでしょうが、あそこまで気むずかしくて無愛想だと、客人をもてなすことはできないでしょうね。私たちとはほとんど口をきかず、もっぱら牧童頭や牧童としゃべっていました。あの農場では一分ごとに自然と芸術、アングラーダと大草原のパンパが奇跡的に結びついているというのに、あの方は近々パレルモで開催される家畜品評会の方が気になっているようでした。下では間もなく死を迎える太陽の光を浴びて黒っぽい家畜が行進し、テラスではそれぞれに会話が弾み誰もが饒舌になっていました。モンテネグロがひとこと雄牛には荘厳なところがあるねと言うと、その言葉を耳にしたアングラーダの頭脳が突然活動しはじめたのです。師は急に立ち上がると、豊穣な叙情詩の一節を突然朗唱しはじめたのですが、それを聞けば歴史家であれ、文法学者であれ、冷徹な理論家であれ、大らかな心の人であれ、誰もが驚嘆の声を上げることでしょう。師は、かつて雄牛は神聖な動物であった、かつては司祭であり、王であり、さらには神々であった、今、雄牛の行列を照らしているのと同じ太陽がかつてクレタ島の回廊を照らしていたが、その回廊を、雄牛を冒瀆する言葉を口にしたために死刑宣告された人たちが歩んだのだと言い、さらに雄牛の熱い血に体を浸して、不死身になった人たちのことも話されました。モンテネグロは、プロヴァンスの強い日差しが照りつけるニームで自分が眼にした、相手の牛に刺さらないよう角に球をつけた雄牛たちの血なまぐさい闘牛の思い出を語りました。けれども精神的な高揚を嫌うムニャゴーリは、雄牛に関して言えば、アングラーダはせいぜいのところその辺にある牛肉屋の店主といったところだな、とあっさり切り捨てました。わらを編んだ大きな肘掛け椅子にどっかり腰をおろした彼は、自分は雄牛とともに育ってきたが、その経験から言うと、雄牛というのはおとなしくて、臆病なところもあるが、力だけはやたら強いんだ、と自信ありげに言いました。彼はアングラーダを説き伏せるために、その目をじっと見つめて催眠術にかけようとしていたんです。私たちは面白がって議論を戦わせている師とムニャゴーリを残して、比類ない女性、マリアーナ夫人の案内で発電機を見学し、詳しい説明を受けました。その時銅鑼《どら》が鳴ったので、食事をはじめたのですが、議論を戦わせていたあの二人がやってきたときには、すでに肉を食べ終えていました。ムニャゴーリががっくり肩を落とし、不機嫌そうな顔をして食事中一言も口をきかなかったところを見ると、師との論争に負けたにちがいありません。

　翌日、私はムニャゴーリに誘われてピラール村を訪れました。彼の二輪馬車に乗って二人で出かけたのですが、その遠出で、私はアルゼンチン人として埃っぽい典型的なパンパを満喫することができました。父なる太陽がわれわれの頭上にやさしく光を降り注いでいました。舗装した道路などどこにもない辺鄙《へんぴ》なあのあたりまで郵便の集配サービスがいきわたっているんですね。ムニャゴーリが村の居酒屋で強い酒を引っかけているあいだ、私はガウチョに変装した自分の姿が写っている写真の裏に親愛の情がこもった言葉を書き連ね、それを知り合いの編集者に送るためにポストに投函しました。御者が酔っぱらって馬車を乱暴に走らせる上に、道路が受難の道《ヴィア・クルシス》と言っていいほどの悪路だったものですから、帰路はひどく辛いものになりました。名誉にかけて正直に申し上げますが、私はアルコールの奴隷になったあの御者を哀れに思い、彼の無様な姿も大目に見てやろうと心に決めました。彼は自分の息子のように馬を痛めつけていたんです。おかげで、二輪馬車はしょっちゅう転倒しそうになり、そのたびにこれでもうこの世とお別れだなと考えました。

農場に戻ると、リンネルで湿布をしてもらい、マリネッティが昔書いた古い宣言を読んで、ようやく心が落ちつきました。

ドン・イシドロ、いよいよ犯罪のあった夕暮れが訪れます。前もって申し上げておきますが、その前に不愉快な出来事が暗い影を落としたんです。パンパ少年が風変わりな衣裳を着てみたいと妙なことを言いだして、鞭を持つのは嫌だと駄々をこねたんですが、ソロモンの教えを忠実に守ってきたムニャゴーリはそうと知って棒で彼のお尻を痛打しました。家庭教師のミス・ビルハムは自分の立場もわきまえず、そのことでムニャゴーリをあしざまにののしったものですから、事態はいっそう紛糾しました。はっきり申し上げて、家庭教師があのような形で間に割って入ったのも、実を言うとほかの仕事に就く当てがあったからなんです。モンテネグロは美しい魂を見つけることにかけては山猫のように鋭い嗅覚をしています、その彼がアベリャネーダ街で彼女のために別の仕事を見つけてやったのです。私たちは誰もが鼻白んで部屋を出ていきました。あの屋敷の女主人と師のアングラーダ、それに私の三人は歩いて貯水槽を見に行き、一方モンテネグロは家庭教師を連れて屋敷にひきあげました。次の家畜品評会に気を取られていたムニャゴーリは、まわりの自然に見向きもせず、雄牛の行列を見にいきました。真の文学者を支える杖代わりになるものといえば、孤独と仕事だけです。私は曲がり角にきたところで、友人たちに背をむけて寝室に戻ったのですが、そこは外部世界の物音が遮断された窓のない真の避難所でした。寝室の明かりをつけると、『テスト氏との一夜《ラ・ソワレ・アヴェック・ムッシュ・テスト》』[1]の普及版の翻訳に取りかかったのですが、仕事が手につきませんでした。隣の部屋でモンテネグロとミス・ビルハムが仲良くしゃべっていたのです。ミス・ビルハムに不愉快な思いをさせてはいけないし、私は私で息が詰まりそうになって

1　ポール・ヴァレリー（一八七一―一九四五。フランスの詩人・思想家）の小説風のエッセイ（一八九六年刊）。

いたので、ドアは閉めませんでした。その部屋のもう一つのドアは、あなたもご存知のように、湯気の立ちこめた調理場の裏庭に面しています。

その時、突然叫び声が聞こえたのです。その叫び声はミス・ビルハムではなく、まぎれもなくマリアーナ夫人の悲鳴に違いないと思い、私は廊下と階段を抜けてテラスに駆けつけました。どこか大女優を思わせるところのあるマリアーナ夫人は、黄昏時の光の中、生来の控えめな態度で身の毛のよだつような恐ろしい光景を指さしていました。あの光景は、悲しいことにいつまでたっても忘れることができないでしょう。下では昨日と同じように雄牛が行進し、上のテラスでは昨日と同じように農場の主人がのろのろ進んで行く牛の行列を眺めていたのですが、それはたったひとりの人間、それも死体となった人間のために行進していたのです。というのも、ナイフが絵柄を編み込んだわらの椅子の背もたれを貫いてあの方の身体に突き刺さっていたのです。死体は背の高い肘掛け椅子の腕に支えられて倒れずに座ったままの姿勢でいました。犯人はあの少年のナイフを使ってムニャゴーリを刺し殺したのだ、とアングラーダは信じられないという顔で言いました」

「ドン・フォルメント、犯人はどうやってそのナイフを手に入れたんでしょう?」

「それはわかりません。ただ、息子さんは父親と口論したあと、カッとなってガウチョの衣裳をすべてアジサイの茂みの向こうに投げ捨てたんです」

「それは知っています。もうひとつ、アングラーダの部屋に鞭があったそうですが、どうしてそんなものがあったんでしょう？」

「それは簡単に説明がつきます。ただ、捜査官にはその理由が理解できないでしょうね。あなたがごらんになった写真からもわかるように、アングラーダはこれまでの人生で絶えず変身してきて、小児的と言っていい時期もありました。年をとり、著作権と芸術のための芸術の国際的な擁護者となった今でも、玩具にどうしようもなく惹かれるんです」

Ⅳ

九月九日、喪服をつけた二人の婦人が二七三号独房を訪れた。ひとりは唇が厚く、たくましい腰つきの金髪女性で、地味な身なりのもうひとりの方は痩せて背が低く、胸が小さい上に脚が短くほっそりしていた。

ドン・イシドロは最初の女性の方を向いてこう言った。

「お見受けしたところ、あなたが未亡人になられたムニャゴーリ夫人ですね」

「あらまあ何てことかしら《ケ・ギャフ》」とか細い声でもうひとりが言った。「取り違えておられますわ。こちらは独身女性《フロイライン》のミス・ビルハムです。ムニャゴーリ夫人は私ですわ」

パロディは二人に腰掛けをすすめ、自分は簡易ベッドに腰をおろした。マリアーナはゆっくりした口調で話を続けた。

「素敵なお部屋ですわね。私の義理の姉妹のリビングはぞっとするような屏風で埋め尽くされているんですけど、あそことは大違いですわ。パロディさん、あなたはキュビズムを先取りしておられたんですね、もっともあれもすたれてしまいましたけど。だけど私なら、ガウウエルース[1]の代わりにドゥコ[2]をこのドアに塗りますわ。白いペンキを塗った鉄細工が大好きなんですの。ミッキー・モンテネグロ（あの方は天才と言ってもおかしくない方ですわね、そう思われません？）、そのモンテネグロさんが一度こちらにお伺いしてみたらと言われたんです。あなたにお会いできて、本当によかったと思っています。一度お話をうかがいたいと思っていたんです。だって、そうでしょう、私を質問責めにする警官や根ほり葉ほり聞き出したがる義理の姉妹を相手に何度も同じ話を繰り返すのはもううんざりなんですの。

では、三十日のことを朝から話すことにします。あの日は、フォルメント、モンテネグロ、アングラーダ、私、それに夫の五人だけで、ほかには誰もいませんでした。共産主義者の手で地上から消し去られた独特の魅力《シャルム》を今も保っておられる皇女がおいでにならなかったのは残念でしたけどね。それにしても、女の直感、母親の直感というのは鋭いと思われません？　コンスエロがプラムのジュースを持ってきてくれたんですけど、その時私は頭が割れそうに痛かったんです。

男の方って、そういうことにまったく理解がありませんわね。すぐに主人の寝室へ行ったんですが、マヌエルは大したこともないのに、自分も頭痛がするといって取り合ってくれなかったんです。女は母親としていろいろな経験を積んでいますから、男の方ほどやわではありません。もとはと言えば、夜更かしをしたのが悪いんです。前日の夜は、フォルメントを相手にある本について夜遅くまで寝ずに議論を戦わせていたんですけど、わかりもしないことに首を突っ込まなければよかったんですよ。私は二人の議論が終わる頃合いを見計らって部屋に行ったんですが、なんの話かすぐにわかりました。ペペ（フォルメントのことですが）は、『テスト氏との一夜《ラ・ソワレ・アヴェック・ムッシュ・テスト》』の大衆向けの本を出版しようとしているんです。誰にでも読めるようなものにする、それが一番の狙いだったので、フォルメントはスペイン語訳のタイトルを『お利口さんとの一夜《ラ・セラタ・コン・ドン・カクメン》』としたんです。マヌエルは、愛なくして慈善行為はあり得ないということが理解できなかったものですから、何とか彼を思いとどまらせようとしました。そして、彼に、ポール・ヴァレリーというのは人にものを考えろと言うくせに、本人はちっとも考えないんだと言ったんです。ですが、フォルメントの翻訳はもうできあがっていました。私はつねづね芸術会館にヴァレリーを呼んで講演を

1　この本の著者たちは電話帳を繰って見つけたこの名前を面白がって用いている。
2　吹付塗料用のラッカーの商標名。

してもらえばいいと言っているんですよ。あの日に何があったのかは知りません。ただ、北風[1]が吹いたものですから、みんな頭がおかしくなったようでした。とりわけ私はあの風に弱いんです。お嬢さん《フロイライン》まで自分の立場を忘れて、ガウチョの服を着ようとしないパンパのことでマヌエルに嚙みついたんです。あら、どうして三十日の前夜の話になってしまったのかしら。私は散歩が大嫌いですけど、アングラーダというのは自分のことしか考えない人なものですから、こちらの気持ちなどお構いなく、三十日、お茶の時間が終わると、強い陽射しが照りつけ、蚊に刺されるというのに、もう一度貯水槽を見たいと言い出したんです、さいわい私はうまく逃げ出せたので、もう一度ジオノ[2]を読むことにしました。あの作家の『フルートとともに』は好きじゃないなんておっしゃらないでくださいね。ひどい作品にはちがいないでしょうけど、退屈な農場暮らしではいい気ばらしになるんです。その前にテラスから夢中になって牛を眺めているマヌエルに声をかけておこうと思いました。六時頃だったはずです。私は牧童用の階段を上って行きました。テラスに出て、目の前の光景を見たとたんに、『まあ、なんてひどいことを!』と大声で叫びました。サーモン・ピンクのウィンド・ブレーカーにヴィオネットのショート・パンツをはいてベランダにもたれかかった私の目の前には、椅子の背もたれ越しにパンパのナイフを突き立てられたマヌエルの姿があったのです。幸いあの子は猫狩りに行っていたので、身の毛のよだつような恐ろしい光景を見なくて済みました。夜になって、あの子は猫の尻尾を六本ばかりもって戻ってきました」

ミス・ビルハムがこうつけ加えた。

「ひどい臭いがしたものですから、尻尾はトイレに捨ててしまいました」

彼女は官能的な感じのする声でそう言った。

V

九月のその朝、アングラーダは霊感を受けた状態にあった。彼の明晰な心は過去と未来の両方を見通していた。つまり、未来派の歴史がひとつ、もうひとつが数人の文学者《オム・ド・レトゥル》があずかり知らないところで、ノーベル賞が自分に与えられるよう水面下で動いていると思い込んでいたのだ。パロディがアングラーダの奔流のような長広舌もそろそろ終わるだろうと思っていると、彼は一通の手紙を取り出して、うれしそうに笑みを浮かべながらこう言った。

「ホセ[3]も哀れな男ですよ。チリの海賊どもは儲けにならない話には乗ってきませんからね。こ

1　南半球にあるアルゼンチンでは熱風として知られる。
2　ジャン・ジオノ（一八八五―一九七〇）。牧歌的田園生活を描いたフランスの作家。『木を植えた男』など。
3　ホセ・フォルメントのこと。

の手紙を読んでみてください、パロディさん。彼が手掛けたポール・ヴァレリーのとんでもない翻訳を出版する気はさらさらないようですよ」

ドン・イシドロはあきらめたような表情を浮かべてその手紙を読みはじめた。

拝啓

先の八月十九日、二十六日、三十日付の貴信に対する返事の中ですでに説明させていただきましたが、ここでもう一度くり返させていただきます。本の出版に関する費用を弊社が負担することはあり得ません。お決まりの経費、ウォルト・ディズニーへの版権料、それに新年とクリスマス向けの外国語版の印刷にかかる費用を前払いし、さらに家具倉庫業ラ・コンプレソーラ社への保管料の支払いを貴殿が前払いされない限り、本の出版は無理と思われます。

敬具

副社長ルフィーノ・ヒヘーナ・S

署名

ドン・イシドロはようやく口を開いた。

「このビジネス・レターは天から降りてきたようなものです。これでようやく話のつじつまが合ってきました。少し前にあなたは本について楽しそうに話されましたが、私も話しておきたいことがあります。先だって、竹馬に乗ったり、子供の服を着たり、自転車に乗ったりしているかわいいあなたの写真が掲載されたこの本を読んで大笑いしました。あくまでもそんな青年がいるとしての話ですが、女々しくて陰気な若者フォルメントがあなたを笑いものにしようとしている、と考える人などいないでしょう。しかし、彼の本はどれもあなたの本をバカにしたものなのです。あなたが『億万長者のための頌歌《オード》』を出版されると、あなたを尊敬している若者は『支配人のための頌歌《オード》』を、あなたが『あるガウチョの身分証明書』を発表すると、彼は『鶏と卵の卸売業者のためのメモ』を出版するという具合です。それではことの起こりから話すことにしましょう。

最初に、ある間抜けな若者が手紙を盗まれたという話を私のところに持ち込んできました。誰かが何かをなくしたからといって、囚人に探してほしいと頼む人間などいるわけがありませんから、私は取り合いませんでした。すると、そのばか者は、手紙はある夫人に関わりのあるものだが、自分はその夫人と別に深い関係にあるわけではない、ただ互いに敬意を持って文通していただけだと説明しました。つまり、あの夫人は自分の愛人なのだと思わせたくて、そんなことを言ったのでしょう。それから一週間後に、好人物のモンテネグロがやってきて、その間抜けな若者がなぜかひどく心配そうにしていると言ったんです。あなたが本当に何かをなくしたような行動をとられたのは、その時のことです。あなたはまだ監獄に入っていなくて、しかも犯罪調査で少し名を知られた人物に会いに行かれました。その後全員で農場へ行き、ムニャゴーリ氏が死にました。ドン・フォルメントとあまり思慮があるように見えない女性がやってきたのはその時のことですが、それ以来どうも裏に何かありそうだと思って事件について考えるようになったのです。

あなたは手紙が盗まれたと私に言われましたね。さらに、手紙を盗んだのがフォルメントだと思わせようとなさいました。実のところ、あなたはみんながあの手紙のことをあれこれ取り沙汰し、あなたと夫人とのあいだに何かあるのではないかと勘ぐるように願っておられました。その後、フォルメントが手紙を盗み出しましたが、これこそまさに嘘からでた真《まこと》というやつです。フォルメントは出版するつもりで盗み出したのです。彼はあなたにうんざりしていました。今日の午後、あなたは私を捕まえて延々二時間にわたってひとりしゃべっておられましたが、それを聞きながらあの男が辟易《へきえき》したのも無理はないと思いましたよ。怒りが鬱積していたものですから、遠回しなやり方では満足できなかったのでしょう。そこで、ひと思いに決着をつけ、あなたとマリアーナのあいだには実のところ何もなかったのだと国じゅうの人間に知らせるために、手紙を出版する決意を固めたのです。しかし、ムニャゴーリはまったく別の観点から事態を眺めていました。彼は自分の妻が下らない本の種にされて、物笑いになるのは避けたいと考えていたんです。二十九日、彼は今にも走り出そうとしていたフォルメントに待ったをかけました。あの時の話し合いについて、フォルメントは私に何も話そうとしませんでした。二人がそのことについて話し合っているときに、マリアーナが行き合わせたのですが、二人は気を利かせて、フォルメントがやっているフランス語の翻訳について話しているようなふりをしました。あなた方ならともかく、農場経営に携わっている人間が本のことに興味を持つはずがありません。次の日、ムニャゴーリは本の印刷を取りやめるようにと書いた出版社宛ての手紙を持って、フォルメントをピラール村へつれて行ったのです。フォルメントはそれを聞いて目の前が真っ暗になったように感じ、ムニャゴーリを殺害しようと心に決めました。そのことであの人物はさほど悩みませんでした。というのも、夫人との関係が明るみに出るのではないかと戦々兢々としていたからです。軽率なあの夫人は、愛と慈善行為や自分の立場を忘れたイギリス人家庭教師の話など、自分が耳にしたことを何でもしゃべる困った癖がありました……。時には親しいものしか知らないあの男のニックネームまでぽろりと口にしています。

男の子がガウチョの衣裳を投げ捨てたと聞いて、フォルメントはいよいよその時がきたと考えました。彼は自分の寝室とイギリス人家庭教師の寝室とのあいだのドアは開け放してあったと言いましたが、それでアリバイが成立したわけですから、何の心配もなく計画を実行に移すことができたのです。イギリス人女性と友人のモンテネグロは彼の言ったことを否定しませんでした。しかし、部屋であんな風におしゃべりを楽しむ場合は、ふつうドアを開け放したりはしません。凶器も考えた上で選びました。パンパのナイフを使えば、二人の人間が疑われることになります。

つまり、頭のおかしいパンパ自身とドン・アングラーダ、あなたの二人です。あなたは夫人の愛人であるかのような顔をし、何度か実に子供っぽい行動をとっておられますからね。そこで彼は警察に見つかるように、わざと鞭をあなたの部屋に残したのです。私のところにあなたの写真が載っている本を持ってきたのも、あなたに疑いの目を向けさせようとしてのことです。

彼は何の不安も抱かずにテラスへ行くと、ナイフでムニャゴーリを突き刺しました。牧童たちは下で牛の世話に追われていたので、そのことに気づかなかったのです。

神の摂理がどういうものかこれでおわかりになったでしょう。以上が、あの軽率な夫人の手紙と新年の祝辞を付した本を出版するためにあの男がやってのけたことです。手紙の内容がどういうものかは、あの夫人を一目見れば推測がつきます。出版社があの本の出版を思いとどまったのは、奇跡でも何でもありません」

――ケケン、一九四二年二月二十二日

サンジャコモの先見

〔主要登場人物〕

勲章受勲者《コンメンダトーレ》──サンジャコモ。リカルド・サンジャコモの父。

カルロス・アングラーダ──詩人・作家・批評家。

アングラーダ夫人──「雄牛の神」で登場したマリアーナ・ルイス・ビリャルバ。別名〈バルシーナ〉。

フリア・ルイス・ビリャルバ──アングラーダ夫人の妹。愛称〈プミータ〉。

リカルド（リカ）・サンジャコモ──勲章受勲者《コンメンダトーレ》のひとり息子でプミータの婚約者。

エリセオ・レケーナ──リカルドの乳兄弟。

ジョヴァンニ・クローチェ──勲章受勲者《コンメンダトーレ》の財政管理者。

マリオ・ボンファンティ博士──勲章受勲者《コンメンダトーレ》に雇われているスペイン文学研究家。

ヘルバシオ・モンテネグロ──アメリカ大陸友好団体の地方局長。

マホメットに

I

二七三号独房の囚人は、あきらめきったような表情でアングラーダ夫人とその夫を迎えた。

「隠喩的表現を用いず、直截に話させていただきます」カルロス・アングラーダは重々しい口調でそう言った。「私の脳は言ってみれば冷凍庫のようなもので、この灰色の容器にはフリア・ルイス・ビリャルバ――同じ階級の人たちからプミータの愛称で親しまれていました――が亡くなったときの状況がそっくりそのまま冷凍保存されています。機械仕掛けの神《デウス・エクス・マキナ》のように冷徹に今回の出来事を眺め、嘘偽りなく公正厳格に話すことにします。まず、事件の横断図から説明しますから、どうか全身を耳にしてお聞きください、パロディさん」

パロディは顔を上げることなく、前大統領イリゴイエン[1]博士の写真を見つめていたが、力んでしゃべっている詩人の前口上には何一つ目新しい事実はなかった。社交界でもっとも注目を集めていた若い女性のひとりルイス・ビリャルバ嬢が突然死するという事件が起こったのだが、彼は数日前にその事件に関するモリナリの記事に目を通していた。

アングラーダが本題に入ろうとしたが、妻のマリアーナが先に口を開いた。

「マリオがコンセプシオン・アレナル[2]についての講演をするというので、私はそちらへ行くと言ったのですが、カルロスが無理やりこの刑務所へ引っ張ってきたんです。でも、おかげで芸術会館へ行かずにすんで助かりましたわ、パロディさん。私はつねづねあの立派な学者は高尚なお話をなさると言っているんですけど、どんなにすぐれた方でも退屈なお話をされることがありますものね。いつものことですけど、カルロスは余計なことに首を突っ込む困った癖があるんです。けれども、今回は妹に関わることでもあり、せっかくここまで来たのですから、お人形さんみたいに黙っているわけにはいきません。先だって喪服を着たときに、マリオさんがよくお似合いですよと言ってくださったんです（あの時は悲しみのあまり気が狂ったようになっていました。けれど、プラチナ・ブロンドの髪には黒の服がよく合うんですよ）、その時にあの方はこうも言われました。女性はもともと鋭い直観力に恵まれているから、いろいろなことによく気がつくんですよって。本好きな方のようにむずかしい話はできませんけど、きちんと筋道《シュイト》を立てて説明できるので、最初から話させていただきます。亡くなった妹のプミータはリカ・サンジャコモというおかしな名前の方と婚約したんですけど、もうグラビア写真で見ておられますわね。今から思えば信じられないような話ですが、あの時は理想のカップルに思えたんです。名家のルイス・ビリヤルバ家の血を引いているので、プミータはとても美人でしたし、ノーマ・シアラー[3]にそっくりの目をしていました。マリオが言うとおり、あの子が亡くなった今、シアラーの目を受け継いでいるのは私だけです。たしかにあの子には洗練されていないところがありましたし、読むといえばヴォーグ誌だけでした。ですから、フランスのお芝居に出てくるような魅力《シャルム》が欠けていたんです。といっても、マドレーヌ・オゼレー[4]はどう見ても魅力的とは言えませんけど。私は聖体大会以来敬虔なカトリック教徒になっていました。そして、そんな私のもとに生きる喜び《ジョワ・ド・ヴィヴル》を味わっている妹が自殺したというニュースが飛び込んできたものですから、あまりのことに耳を疑いました。包み隠さず申し上げますと、私も人生を楽しんでおります。肘掛け椅子に座って夢中になっ

1　イポリト・イリゴイエン（一八五二―一九三三）。一九二八年アルゼンチンの大統領職に就くが、軍の反乱によって三〇年に職を追われた。

2　コンセプシオン・アレナル（一八二〇―一八九三）。スペインの女性法学者、社会学者。『福祉、博愛、慈善』『犯罪者たちへの手紙』などの著作がある。

3　カナダ生まれでハリウッドで活躍した女優（一九〇二―八三）。一九三〇年、『結婚双紙』でアカデミー主演女優賞を受賞。

4　マドレーヌ・オゼレー（一九〇八―八九）。ベルギーに生まれ、最初は舞台俳優として活躍するが、やがてフランスで映画女優として注目されるようになり、数多くの作品に出演している。

て牛を眺めていたマヌエルを、短刀でひと突きした哀れなフォルメントの件ではいろいろと勉強させていただきましたので、今回の騒ぎで私がとった行動を恥ずべきだとか、思慮を欠いているとおっしゃらないでくださいね。時々もの思いにふけるんですけど、そんなときは悪いことというのは重なって押し寄せてくるものだとしみじみ感じています。

リカはすばらしくハンサムな男性だというのがもっぱらの評判ですけど、しょせん成り上がりもの《パルヴニュ》でしかないあの階級の人たちにとって、由緒ある家柄の娘と結ばれてその一員になるというのがいちばんの夢だったんです。ただ、無一物でロサリオに流れ着いてあそこまで成り上がったお父様には敬意をはらっております。プミータはしっかりした子でした。母はあの子を猫かわいがりにかわいがっていて、身代が傾くほどのお金をかけて社交界にデビューさせたんです。ですから、まさかあの若さで結婚すると言いだすとは思ってもいなかったので、母は婚約の話にはあまり乗り気ではなかったようです。英語版では『ソンブレロ』となっている、『メキシコへ行こう』という映画がありましたわね。噂では、あの映画にでてくるエロール・フリン[1]とオリヴィア・デ・ハヴィランド[2]のように、二人はリャバリョルでこの上もなくロマンティックな出会いをもったそうですわ。プミータの乗った小型《ポニー》の馬が砕石道路のところで急に暴走しはじめたんです。それまでポロ競技用の小型《ポニー》の馬にしか興味のなかったリカルドはダグラス・フェアバンクス[3]の役どころを演じて、みごとにその馬を制止したんですけど、ああいうことは映画の世界だけじゃないんですね。彼はプミータが私の妹だと知って、すっかりのぼせ上がりました。妹の方は、皆さんもご存知のように、家の召使いとでもいい仲になりかねないような子だったんです。ただ、問題は私がまったく面識のないあの方をラ・モンチャに招待したことなんです。あなたもご存知のように、お父様の勲章受勲者《コンメンダトーレ》は二人のために精一杯力を尽くされたんです。リカが毎日プミータに蘭の花を送りつけてくるものですから、私は頭が痛くなったくらいです。おかげでボンファンティと私は外で食事をするようになったのですが、これはまた別の話ですわね」

「奥様、どうかこのあたりで一息入れてください」パロディは丁重にそう言った。「ドン・アングラーダ、中休みが入りましたので、これを機に要点をかいつまんでお話ししていただけませんか」

「では、戦闘開始といきますか……」

「せいぜい退屈なお話をなさいな」マリアーナはさも軽蔑したように口もとを歪めてそう言う

1　エロール・フリン（一九〇九―五九）。ハリウッド映画で数々の作品において主役を務めた人気俳優。

2　オリヴィア・デ・ハヴィランド（一九一六―二〇二〇）。ハリウッドで活躍した有名な女優で、エロール・フリンと何度も共演。またアカデミー主演女優賞に二度輝いている。

3　ダグラス・フェアバンクス（一八八三―一九三九）。ハリウッドの映画俳優、脚本家、映画監督、映画プロデューサー。冒険活劇のヒーロー役で人気を博す。

と、念入りに口紅《ルージュ》を塗った。

「妻が今話した全体的な展望は正確そのものです。ですが、実際的な座標を補う必要がありま す。そこで、私は測量技師、土地台帳となって、これから説得力のある総括をさせていただきます。

ラ・モンチャに隣接しているピラールには、勲章受勲者《コンメンダトーレ》サンジャコモが所有する公園、養苗場、温室、展望台、庭園、水泳プール、動物の檻《おり》、ゴルフ・コース、地下の水族館、付属の建物、体育館、それに活動拠点があります。鋭い眼光、中背で見るからに多血質そうな外見、雪白の口髭、これ見よがしにふかしている葉巻と、いかにも派手ばでしい感じのするあの老人は、トラック競技はもちろん、スクーターにも乗れば、飛び込み板から身を躍らせるといったように全身が筋肉の塊のような人です。次にスナップ写真から映画に移ることにしましょう。肥料を普及させた商人として知られる彼の伝記を遠回しな表現を用いずに説明します。さびついた十九世紀（日本風の屛風とあぶなっかしい初期の自転車が流行した時代です）が同じところをぐるぐる回って、車椅子の上ですすり泣いていたころ、ロサリオの町は寛大にも門を開いて、イタリア系の移民、いや、失礼、イタリア人の子供を迎え入れたのです。その子供とは誰あろう、いうまでもなく勲章受勲者《コンメンダトーレ》サンジャコモです。無学文盲、マフィア、悪天候、祖国の未来に対する盲目的な信仰、そうしたものが彼の水先案内人になりました。ある領事、すなわち当時イタリア領事だったイジドロ・フォスコ伯爵のことですが、この方があの若者にすぐれた精神的資質が備わっていることに気づいて、何度か私心のないアドバイスをされました。

一九〇二年、サンジャコモは衛生局の馬車の、木製の御者台から人生に立ち向かうことになります。一九〇三年には、くみ取り用の馬車の一隊を率いるようになり、これは何年か続きました。一九〇八年、彼は刑期を終えて釈放されますが、その年以降彼の名は油脂石鹸と分かちがたく結びつきます。一九一〇年には、皮なめし業と肥料にまで事業を拡大します。一九一四年、一つ目巨人のサイクロップスよろしくその目を未来に向けて、悪臭を放つ液体からゴム樹脂を取り出すことができるかどうか挑戦したのですが、戦争が勃発したためにその夢は水泡に帰してしまいます。破滅の危機に瀕したわれらの戦士はそこで大きく方向転換し、大黄《ルバーブ》の事業で確固とした足場を築きます。イタリアはその後間もなく総力を挙げて参戦しますが、大西洋のこちら側にいたサンジャコモはそうと知って「座視できん」と叫び、前線で塹壕に立てこもって戦っている同国人のために大黄《ルバーブ》を運搬する船を一艘チャーターしました。無知な兵隊たちが反乱を起こしたのですが、彼はくじけませんでした。彼が送った食料はジェノヴァ、サレルノ、カステルランマーレのドックや倉庫を満杯にし、人口が密集しているスラム街の住民をそこから追い出す結果になりました。ありあまるほどの食料を送ったおかげで、彼は褒賞を受けとりました。つまり、成金の彼の胸は騎士団長の十字勲章と肩帯で飾られることになったのです」

「それじゃあまるで夢遊病者が話しているみたいで、何の話かわからないでしょう」スカートの裾を持ち上げながらマリアーナが口をはさんだ。「あの人は叙勲される前にわざわざイタリアに人をやって自分のいとこにあたる女性を捜させ、その女《ひと》と結婚したんでしょう。それに、息子さんのことも言い忘れているじゃない」

「たしかにその通りだね。言葉がフェリーボートみたいに勝手に走りだしてしまったようだ。ラプラタ川のウェルズ[1]よろしく、時の流れをさかのぼることにしましょう。まずは、初夜のベッドに戻りましょう。われらの戦士に跡継ぎが生まれたのですが、それがリカルド・サンジャコモです。影が薄く目立つことのなかった母親は一九二一年に亡くなり、この世から姿を消します。『郵便配達は二度ベルを鳴らす』[2]という小説がありますが、死は同じ年に彼の後援者で、つねづね彼を励まし力づけていたイジドロ・フォスコ伯爵まで奪い去りました。包み隠さず言わせていただきますが、そのせいで勲章受勲者《コンメンダトーレ》は危うく狂気に襲われるところだったのです。火葬炉が妻の肉体を焼き尽くした後に残されたのは、跡継ぎになる一粒種の息子だけでした。父親は精神的な支柱となって息子を大切に育てたのですが、会社という機構の中では油圧ポンプのように強圧的で独裁的な勲章受勲者《コンメンダトーレ》も、家庭《アット・ホーム》では息子の好きな人形芝居のお気に入りの登場人物でしかありませんでした。

次に、後継者に焦点を当てることにします。つば広のグレーの帽子、母親譲りの目、先がぴんと跳ね上がった口髭、タンゴ歌手ファン・ロムート[3]を思わせる身のこなし、アルゼンチンのケンタウルス[4]を思わせる脚。プールと競馬場《ターフ》ではつねにヒーローの彼はまた、弁護士で、現代的な青年です。その詩集『風をくしけずる』は鉄のように強固に結びついたメタファーこそ見られませんが、深遠なヴィジョンと新しい構造を予感させる作品に仕上がっています。しかし、われわれの詩人が全力を注いだのはやはり小説の分野です。偶像破壊主義者の彼は古いモデルを叩きこわす前に、それを再創造した、というか科学的な忠実さで模写したのです。気骨のある批評家なら、いずれそのことを認めざるを得なくなるはずで、その点は断言できます。リカルドはアルゼンチンの作家として将来を嘱望されています。チンチョン伯爵夫人に関する彼の物語は、考古学的な探究と新未来派的な痙攣《けいれん》とをつなぎ合わせた作品です。この作品は、ガンディーア[5]、レベーネ[6]、

1　H・G・ウェルズ（一八六六—一九四六）。イギリスの作家。『タイム・マシン』『宇宙戦争』などでSFの始祖として知られる。
2　アメリカの小説家ジェイムズ・ケイン（一八九二—一九七七）の犯罪小説。
3　ファン・ロムート（一八九三—一九五〇）。アルゼンチン・タンゴの有名な歌手、作曲家、ピアニスト。
4　ギリシア神話に登場する半人半馬の種族。
5　エンリケ・デ・ガンディーア（一九〇六—二〇〇〇）。アルゼンチンの歴史家。『アルゼンチン政治思想史』（全十巻）など数多くの著作がある。
6　リカルド・レベーネ（一八八五—一九五九）。アルゼンチンの歴史家。著書に『アルゼンチン史講義』など。

グロッソ[1]、ラダエルリなどの作品と比較しなければならないでしょう。われわれの探求者は幸いなことに孤軍奮闘しているわけではありません。無私無欲の乳兄弟エリセオ・レケーナが彼を背後から支え、大航海へと乗り出す手助けをしています。この補佐役について手短に説明しておきましょう。大小説家は作品の中心人物だけを描き、副次的な人物に関してはすべて補佐役に委ねます。雑用係《ファクトウトウム》として評価に値するレケーナは、勲章受勲者《コンメンダトーレ》の大勢いる庶子のひとりで、ほかの息子たちと比べて劣ってもすぐれてもいません。いや、この表現はよくありませんね。彼はある一点、つまりリカルドに対する絶対的な崇拝の念という点で抜きんでています。ついで、一家の財政、金融面を担当している人物に光を当てることにしますが、その人物とは勲章受勲者《コンメンダトーレ》の財政管理者のジョヴァンニ・クローチェです。口さがない連中は、あの男はリオハ出身で、本名はファン・クルスだと言っています。しかし、それはまちがいです。彼は紛れもない愛国主義者ですし、勲章受勲者《コンメンダトーレ》を変わることなく崇拝しています。また、そのスペイン語には実におかしな訛《なま》りがあります。勲章受勲者《コンメンダトーレ》サンジャコモ、リカルド・サンジャコモ、エリセオ・レケーナ、ジョヴァンニ・クローチェ、以上の四人が、プミータが亡くなる直前に居合わせた人たちです。ほかに庭師や作業員、御者、マッサージ師など、給金をもらっている人たちがいましたが、当然ながら省略しても問題ないでしょう……」

　マリアーナが我慢できなくなって横から口をはさんだ。

「今回あなたは妙にねたみ深くなって、人の欠点ばかりあげつらっているわ。その点は素直に認めたら。私たちのとなりの、本で埋め尽くされた部屋で暮らしているマリオのことにはまったく触れなかったけれど、どうしてなの？　あの人はおしゃれな女性を見つけるとまるで七面鳥みたいにせっせとメッセージを送るでしょう。それを見て、あなたは声もなく口をぽかんと開けていたじゃない。ともかく、あの人は驚くほど物知りなのよ」

「確かにそうだね。マリオのことになると、どうしてだか口が重くなるんだ。マリオ・ボンファンティ博士[2]というのは、勲章受勲者《コンメンダトーレ》に雇われているスペイン文学の研究家で、すでに『わがシッドの歌』[3]の大人向けの翻案を出版しています。現在はゴンゴラ[4]の『孤愁』を厳密にガウチョ文学[5]風の作品に書き換えようとしています。そこには家畜用の水桶や天水をためた水飲み場、鞍に

1　アルフレード・バルトロメ・グロッソ（一八六七―?）。初等学校向けのアルゼンチン史の教科書の著者として知られる。

2　ボルヘスの短編「エル・アレフ」（一九四九）に登場する人物で、そこでは国民文学賞の第三席に入賞している。

3　十二世紀のスペインで書かれたヨーロッパを代表する中世叙事詩のひとつ。

4　ルイス・デ・ゴンゴラ（一五六一―一六二七）。スペインのバロック詩人。諷刺、諧謔詩を得意とする。世相、人生、同時代の文人を嘲笑しつつ、自らの不幸をも笑いの対象にした。

5　十九世紀アルゼンチンのガウチョを主人公にした文学作品。

敷く羊の皮やヌートリアがでてきます」

「ドン・アングラーダ、次々にたくさんの本の話が出てきたので、頭がくらくらしてきました」とパロディが口をはさんだ。「よかったら、お亡くなりになった義理の妹さんのことをお話し願えませんか。いずれ、どなたかからその話を聞くことになると思いますので」

「批評家と同じで、あなたも私の話にはついてこられないようですね。偉大な画家（ピカソのことですが）はキャンバスの前景に絵の背景になる部分を、そして地平線にあたるところに中心人物を描くのですが、私の戦略もそれと同じです。まず、ボンファンティなどの端役的な人物を素描し、その後他殺死体《コルプス・デリクティ》となったプミータ・ルイス・ビリャルバについて話そうと思っていたのです。

芸術家は外見に惑わされたりはしません。若者《デフェブス》らしいいたずらをし、魅力的ではありましたが、少々ふしだらなところのあったプミータは、結局のところ背景幕だったのです。つまり、豊満な美しさを誇る私の妻の引き立て役でしかなかったということです。亡くなったプミータのことを思い出すと、言いようのない悲しみに襲われます。あれはグラン・ギニョル[1]に見られる戦慄的な出来事でした。六月二十三日の夜、彼女は楽しそうに笑い、食事の後も私の熱のこもった話に耳を傾けて大喜びしていたのですが、そんな彼女が二十四日には毒殺されて寝室で冷たくなっていたのです。運命の神が女神だというのはよく知られていますが、そのせいで私の妻が彼女の死体を発見することになったのでしょう」

Ⅱ

亡くなる前日の六月二十三日の午後、プミータは『愛国者』『嘆きの天使』『最後の命令』の不完全ではあるが、大切に扱われてきた複写フィルムを通してエミール・ヤニングス[2]が死ぬところを三度にわたって目撃した。クラブ・パテ・ベイビーまで足を延ばそうと言いだしたのはマリアーナだった。その帰り道、彼女とマリオ・ボンファンティはリカルド・サンジャコモが所有するロールス・ロイスの後部座席に腰を下ろした。というのも、プミータとリカルドを前の席に座らせて、映画館の暗がりの中で親しそうにしていた二人がいっそう親密になるようにと気遣っていたのだ。ボンファンティはアングラーダが一緒に来なかったことを残念がっていた。同じ日の午後、雑文家は『映画の科学史』の執筆にかかっていたのだが、実際に映画を見るとかえって記憶

1 十九世紀末から二十世紀半ば頃までパリにあった劇場で、血なまぐさい猟奇的な事件や残酷なシーンが頻出する芝居が上演された。
2 エミール・ヤニングス（一八八四―一九五〇）。ドイツの舞台役者から映画界に入り、その後ハリウッドでも活躍した名優。代表作に『ファウスト』『最後の人』『嘆きの天使』など。

があいまいでぼやけたものになると考えて、芸術家の誤ることのない記憶をもとに本を書こうと考えていた。

その夜、ビーリャ・カステルラムマーレで食事をとった後、弁証法的な会話が交わされた。

「旧友のコレアス師の言葉をもう一度ここで引用させてもらうと」ボンファンティは博識ぶりを発揮してそう言った。彼は気合を入れて杉綾織のツイードのジャケットに、ウラカン印の厚地のニットセーター、タータンチェックのネクタイ、レンガ色の地味なシャツを着ており、ばかでかい鉛筆と万年筆のセットを手にし、腕にはレフェリーが使うストップウォッチをつけていた。「われわれは羊毛を刈りにいって、逆に毛を刈られて帰ってきたってことだね。それにしても、クラブ・パテ・ベイビーを切り盛りしている支配人には失望させられたね。ヤニングスの映画を上映するのはいいが、あれでは彼のいちばんいいところ、特徴的なところがまったくうかがえないよ。『肉体の道《アンシ・ヴァア・トゥー・シエール》』のようなバトラー[1]風の諷刺がきいていないんだ」

「そう言われると、ほかの映画はそうだったように聞こえますけど」とプミータが言った。「ヤニングスの映画はどれもこれも『肉体の道《アンシ・ヴァア・トゥー・シエール》』と同じじゃありません？　プロットはどれも同じでしょう。最初主人公は身に余るほどの幸運に恵まれる。けれども、その後ケチがつきはじめて、結局落ちぶれてしまう。現実と同じで、退屈なお話ですわ。勲章受勲者《コンメンダトーレ》もきっと私と同じ意見だと思いますけど」

勲章受勲者《コンメンダトーレ》が口ごもっているのを見て、マリアーナがすかさず口をはさんだ。

「みんなで映画を見に行きましょうと言いだした私が悪いのよ。でも、あなただってマスカラをしているのに、ばかみたいに泣いていたじゃない」

「たしかにそうだね」とリカルドが言った。「君が泣いていたのをぼくはこの目で見たよ。後でまた気持ちが高ぶって眠れなくなるから、タンスの中にある滴剤を少し飲んだほうがいいんじゃないの」

「プミータ、あなたって本当におバカさんね」とマリアーナが言った。「先生からそういう薬は体によくないって言われているでしょう。私はあなたみたいにお気楽な生活は送れないわ。召使いを相手にいつも戦っていなきゃいけないんだもの」

「眠れなくても、いろいろと考えることがあるからいいのよ。それに、今夜が最後の夜じゃないんだもの。ヤニングスの映画と同じような人生がある、そう思いません、勲章受勲者《コンメンダトーレ》?」

リカルドは、プミータが不眠症の話題を避けようとしていることに気づいた。

「たしかに、プミータの言うとおりだよ。誰も自分の運命から逃れることはできない。モルガ

1　サミュエル・バトラー（一八三五―一九〇二）。イギリスの作家、思想家。風刺的な作風で知られる。半自伝的作品『万人の道（The Way of All Flesh）』（一九〇三）は、ヤニングス主演の映画『肉体の道』（一九二七）と同題だが別物である。

ンティはポロをやらせたら右に出るものはいなかったが、斑《ぶち》の馬を買ってからはケチがつきはじめて、何もかもだめになったからね」

「そんなことはない」と勲章受勲者《コンメンダトーレ》が叫んだ。「考える人《ホモ・ペンサンテ》は悪運を信じたりしない。わしはこのウサギの脚で不運を追い払っているんだ」そう言うと彼はスモーキングの内ポケットからウサギの脚を取りだし、勝ち誇ったように振り回した。

「いやあ、みごとなストレート・パンチが顎に決まりましたね」とアングラーダが持ち上げた。

「まざりっ気なしの純粋理性というやつですな」

「偶然がまったく介入しない人生もある、と私は思いますけど」とプミータも負けずにやり返した。

「それって、私への当てつけじゃないでしょうね。もしそうなら、考え違いもはなはだしいわ」とマリアーナが不機嫌そうに口はさんだ。「私の家が散らかっているのは、カルロスのせいなの。あの人はいつも私をこっそり見張っているのよ」

「人生においては偶然に起こることなど何ひとつありません」そう言うクローチェの暗く沈んだ声が響きわたった。「ある方向性なり、政治的な力がなければ、われわれは真っ逆さまにロシア的混乱、ロシアの秘密警察[1]の独裁へと転落してしまうでしょう。はっきり申し上げて、イヴァン雷帝[2]の時代がふたたび訪れれば、自由意志などと言っておられなくなりますよ」

リカルドはいかにも考え込んでいる様子でこう言った。

「あらゆることは偶然に起こり得ないはずです……。それに……もし秩序というものがなければ、窓から牛が飛び込んでくることも考えられますからね」

「サンタ・テレーサ[3]、リュブリュキ[4]、プロシウス[5]といった鷲のようにはるか高みまで高々と上昇した神秘主義者でさえ」とボンファンティが言った。「本を出版するには教会の認可印《インプリマトゥル》、宗教的な認可印が必要だったのですよ」

その言葉を聞いて、勲章受勲者《コンメンダトーレ》がテーブルをどんと叩いた。

「ボンファンティ、君を怒らせたくはないが、ここは正直に言わせてもらう。君は正真正銘のカトリック教徒だな、隠してもむだだ。いいかね、フリーメーソンの〈スコットランド儀礼の大いなる夜明け〉のメンバーであるわれわれは僧侶のような衣裳を身につけているので、ほかの人間を羨むことなどないのだ。そのことはよく覚えておいてくれ。頭に思い浮かんだことすべてが

1 ロシア革命のあと反革命的な人物を弾圧するために設けられた秘密警察で、ＫＧＢの前身とされる。
2 イヴァン四世（一五三〇―八四）の異称で、大貴族の弾圧や反対勢力の粛清によってこの名で呼ばれる。
3 サンタ・テレーサ（一五一五―八二）。スペインの女性神秘思想家。
4 ギョーム・ド・リュブリュキ（一二二〇頃―九三頃）。フランドル生まれのフランシスコ会宣教師。
5 ルイ・ド・プロワとも呼ばれる。十六世紀のベルギー人神学者。

実行に移せるものではない、というような言葉を聞くと私は頭に血が上るんだ」

とたんに気まずい沈黙が流れた。しばらくして、アングラーダが青ざめた顔で口ごもりながらこう言った。

「いや、これはテクニカル・ノックアウトというやつですな。決定論者たちの最前線は崩されました。われわれは隘路《あいろ》を占領し、敵はちりぢりになって逃げて行きます。見渡すかぎり、戦場には武器や軍用行季が散乱しております」

「あなたが勝ち誇ったような顔をしなくてもいいのよ。論争に勝ったのはあなたじゃないでしょう。これまでずっと黙りこくっていたじゃない」とマリアーナがぴしゃりと言った。

「私たちの言っていることとすべてが、勲章受勲者《コンメンダトーレ》がサレルノからもってきた手帖に書き留められることになるんですね」プミータがうっかり口を滑らせた。

一家の財務管理をしている陰気なクローチェが話題を変えようとしてこう言った。

「友人のエリセオ・レケーナの考えを聞いてみたらどうでしょう」

図体の大きい白子のレケーナがネズミのような声でこう応じた。

「リカルドの小説が間もなく完成するものですから、私はとても忙しいんです」

それを聞いて、リカルドは顔を赤らめながらこう応じた。

「ぼくは今モグラのように懸命になって仕事をしているんですが、プミータがそんなに急がなくてもいいんじゃないのって言うんです」

「私ならノートを引き出しにしまい込んで、九年間はそのままにしておくわ」とプミータがやり返した。

「九年間！」勲章受勲者《コンメンダトーレ》は卒中を起こすのではないかと思えるほど真っ赤な顔で叫んだ。「九年間だと！　ダンテとかいう男は五百年も前に『神曲』を出版しているんだぞ」

ボンファンティが穏やかな口調であわてて勲章受勲者《コンメンダトーレ》の言葉を支持した。

「いや、いや、すばらしい。そういうためらいというのは純粋にハムレット的、北欧的なものですな。ローマ人は芸術をまたちがった風に考えております。彼らにとって、書くという行為は調和のとれた動作、ダンスであって、北方の野蛮人のような暗い規律ではないのです。蛮人はミネルヴァが与えてくれなかった機知を僧侶のような苦行を通して手に入れようとするんです」

勲章受勲者《コンメンダトーレ》がしつこく言い張った。

「自分の考えたことを言葉にできないような人間は、システィーナ礼拝堂[1]の去勢歌手《カストラータ》[2]みたいなもので、男じゃない」

1　ローマ教皇の公邸であるバチカン宮殿にある豪華な芸術作品で飾られた礼拝堂。
2　二十世紀初めまで、女性的な声が出るようにと聖歌隊に在籍した去勢歌手を指す。

「ぼくもやはり作家というのは、自分のすべてをさらけ出すべきだと思います」とレケーナはきっぱりと言った。「人間はそもそも混乱し、矛盾した存在ですからそのすべてを気にすることなく紙の上にぶちまければいいんです」

マリアーナが横から口をはさんだ。

「私の場合、母に手紙を書いている途中でどう書けばいいかしらと考えはじめると、まったく筆が進まなくなるんです。だけど、興にまかせて筆を走らせていると、奇跡みたいにするする書けて、いつの間にか何枚もの便箋が文字で埋まっているの。カルロス、あなたは私に、君はまるでものを書くために生まれてきたみたいだねって言ったわよね」

「ねえ、リカルド」とプミータがしつこく食い下がった。「私があなたなら、他人の意見に耳を貸したりしないわ。どういう作品になるか気をつけないといけないわよ。ブストス＝ドメックのことを覚えているでしょう？　サンタ・フェ出身のあの作家の短編が出版されたんだけど、同じものがヴィリエ・ド・リラダン[1]によってすでに書かれていたことが後で判明したのよ」

リカルドがとげとげしい口調でやり返した。

「二時間前に仲直りしたばかりなのに、またぼくを挑発するようなことを言うのかい」

「心配しなくていいですよ、プミータ」とレケーナが言った。「リカルドの小説はヴィリエの作品とは似ても似つかないものですから」

「何もわかってないのね、リカルド、私はあなたのためを思って言っているのよ。今夜の私はとてもいらいらしているから、その話は明日またしましょう」

ボンファンティは勝利をよりたしかなものにするために、高らかにこう言った。

「リカルドはアメリカ的、スペイン的な根をもたない軽佻浮薄な新芸術に入れあげるほどばかではありませんよ。血と大地からのメッセージを肌で感じ取れないような作家は、根無し草《デラシネ》、恩知らずな人間ですからね」

「見直したよ、マリオ」と勲章受勲者《コンメンダトーレ》はうれしそうに言った。「さっきのふざけた言い方とは大違いだ。真の芸術は大地から生まれてくるものだ。そこにひとつ原則がある。つまり、私はこの上もなく高貴なマッダローニを酒蔵の奥にしまってある。ヨーロッパでは、いや、このアメリカでも同じだが、爆弾が落ちても傷がついたりしないように、偉大なマエストロたちの作品は頑丈な地下室に保管してあるんだ。先週のことだが、山っ気などみじんもない考古学者が、ペルーで発掘した素焼きの小さなピューマ《プミータ》[2]をスーツケースに入れてもってきたんだが、それを安くわけて

1　オーギュスト・ド・ヴィリエ・ド・リラダン（一八三八―一八八九）。物質主義、功利主義に抗して壮麗な夢想に生きたフランスの作家。象徴主義の先駆者。『未来のイヴ』『残酷物語』など。

2　プーマはスペイン語でピューマを意味するが、「子供」、あるいは「小さい、かわいい」というニュアンスを添える場合、語尾に縮小詞のイータをつける。

もらった。今そのピューマは私の個人用のデスクの三番目の引き出しにしまってある」

「小さなピューマ《プミータ》ですって？」プミータがびっくりして尋ねた。

「そうなんだ」とアングラーダが答えた。「アステカ族の連中はあなたが生まれてくることを予見していたんだよ。しかし、未来主義者の彼らも、さすがに機能的な美を備えたマリアーナの誕生までは予見できなかったようだけどね」

（カルロス・アングラーダはその時の会話をほぼ忠実にパロディに伝えた。）

Ⅲ

金曜日の朝早くにリカルド・サンジャコモはドン・イシドロと何やら話し込んでいた。彼が心の底から悲嘆に暮れていることは一目でわかった。喪服を着け、髭も剃らず、青い顔をしていた。そして、実は昨日もそうなんですが、ここしばらく満足に眠っていないんですと打ち明けた。

「今回はひどい目にあいましてね」とリカルドは暗い声で言った。「いや、本当にひどい話なんですよ。賃貸住宅で暮らし、その後囚人になられたあなたはどちらかと言えば平穏な人生を送ってこられたわけで、そんなあなたには今回の出来事がぼくにとってどのような意味をもつかわかっていただけないでしょうね。ぼくはこれまでいろいろな経験をしてきたんですが、どれほどの困難に直面しても即座に解決してきました。たとえば、以前子供ができたと言ってドリー・シスター[1]がねじ込んできたことがあるんですが、その手のことにうといはずのおやじが、六千ペソ払って即座に片をつけてくれました。こう見えてぼくは自分で自分の面倒を見るくらいのことはできます。以前、カラスコでルーレットに手を出して、有り金をそっくり巻き上げられたことがあるんです。さすがにあの時はどうしようかと頭を抱えましたよ。ぼくが大勝負に出たのを見て、まわりの連中が汗を浮かべていたくらいです。わずか二十分足らずの間に二万ペソもの大金をすってしまったんですからね。文なしになって、ブエノスアイレスに電話をかけることもできなかったくらいです。それでも、ぼくは涼しい顔をしてテラスに出ました。信じていただけないかもしれませんが、ぼくは実際《イプソ・ファクト》にその難局を切り抜けました。鼻声でしゃべる小柄な男がぼくの賭けっぷりを熱心に見ていたんですが、その男が五千ペソ貸してくれましてね。その金をもとに、ウルグアイ人に巻き上げられた二万ペソの内の五千ペソを取り戻して、翌日ビーリャ・カステラムマーレに戻ったんです。それ以後鼻声でしゃべるあの男は影も見せませんでした。

女性関係の話はやめておきます。もしご興味がおありなら、ミッキー・モンテネグロにお尋ねください。彼なら、ぼくがどれほど遊び人かよく知っています。何ごとによらずこの調子なんで

1　この人物は後出のドリー（ドローレス）・ヴァヴァスールと同一人物と考えられる。

す。勉強ですか？　それは訊かないでください。本など一度も開いたことはありません。試験の日になると、いいかげんなでまかせを書くんですが、それでパスするんです。今回、プミータの件で辛い出来事があったので、おやじはそのことを忘れさせようとして、政治の世界に打って出るといいと言ってくれています。抜け目のないサポナーロ博士はどの政党に所属したらいいかはまだはっきり決まっていないと言っているんですが、ぼくは次の中間《ハーフタイム》選挙で立候補するつもりでいます。嘘だとお思いなら、賭けてもいいですよ。要するに、ポロと同じなんです。誰がいちばんいいポニーを持っているか、トルトゥーガスで今いちばん名を馳せている選手は誰か、というのと同じです。退屈されてはいけませんので、これくらいで自分の話は切り上げておきます。

　もう少しで義理の姉になるところだったバルシーナや、試合用のサッカー・ボールさえ見たこともないのに、サッカーの話に口を出す彼女の夫のように、ぼくは意味のないおしゃべりをしているのではなくて、おおよその事情を把握していただくために説明しているんです。ぼくはプミータと結婚する予定でした。たしかに気まぐれなところはありましたが、すてきな女の子でした。その彼女が一晩のうちに青酸カリの毒におかされた、平たく言えば死んでしまったんです。最初は自殺だと言われていました。しかし、ぼくたちは結婚する予定だったんですよ。それなのに自殺なんかするはずがありません。ですから、ぼくは自殺説には賛同しません。次にうっかりして毒を飲んでしまったという噂も流れましたが、それじゃあ彼女はまるでばかみたいじゃないですか。近頃では、彼女は殺されたと言われているんですが、おかげでぼくたちはひどい迷惑を被っています。あなたがぼくからどういう答えを引き出したいと思っておられるのか知りません。ですが、他殺説と自殺説のどちらをとるかと訊かれたら、ばかばかしいとは思いますが、ぼくとしては自殺説に傾かざるを得ないでしょうね」

「いいですか、この独房はベリサリオ・ロルダン[1]の演説会場ではないんですから、そう熱弁を振るうことはありませんよ。それにしても、ちょっと気を許すとおかしな人間が天宮図の星座やどの駅にも停まらない列車、あるいは自殺したわけでも、誤って毒を飲んだわけでも、殺されたわけでもないのに死んでしまった婚約者の話をこの独房に持ち込んで来るんですから、困ったものです。副所長のグロンドーナに言って、そういう連中を見かけたら、即刻牢屋にぶち込むように頼んでおきます」

「ですが、ぼくはあなたのお手伝いをしたいと思っているんですよ、パロディさん。つまりその何というか、あなたにお頼みしたいことがあって……」

「そう、それでいいんです。だから私は人間というのが好きなんですよ。それじゃ、私の質問に答えていただけますか。亡くなった女性は君と結婚するつもりだった、そう断言できるんです

1　アルゼンチンの詩人、劇作家（一八七三―一九二二）。弁論家としても有名。

ね？」

「それはまちがいありません。気まぐれなところはありましたが、彼女はぼくを愛してくれていました」

「それでは、よく考えて次の質問に答えていただけますか。彼女は妊娠していましたか？　ほかのばかな男が言い寄ったりしていなかったでしょうね？　彼女はお金を必要としていませんでしたか？　病気にかかっていませんでしたか？　君にうんざりしていなかったんでしょうね？」

サンジャコモはしばらく考え込んだあとすべてを否定した。

「では、次に睡眠薬のことを話してもらえますか」

「わかりました、パロディ先生、ぼくたちは彼女に飲まないように言っていたんです。だけど、しょっちゅう買いこんでは、自分の部屋に隠していました」

「君は彼女の部屋に入ることができたんですか？　それとも、誰も入れなかったんですか？」

「誰でも入れました」と若い男がきっぱり言った。「あなたもご存知のように、あの棟の寝室は彫像が円形に並んでいる回廊に面していますからね」

IV

七月十九日、マリオ・ボンファンティが突然二七三号独房に姿を現した。彼は白のレインコートとラシャ地のつば広帽子をさっと脱ぎ捨てると、囚人用の簡易ベッドの上にマラッカのステッキを放り投げ、石油火付け器《ブリケット》で海泡石のモダンな造りのパイプに火をつけた。そして、隠しポケットから芥子《からし》色をした長方形のセーム革を取り出すと、サングラスのレンズを力をこめて磨きはじめた。二、三分間激しい息づかいをしていたせいで、虹色のマフラーとウールの厚地のチョッキが上下していた。パイプをくわえたまましゃべりはじめたが、イタリア人らしい歯切れのいい話し方とセセオ[1]の入り混ざった声が、魅力的ではあるが断定的な調子で部屋中に響きわたった。

「パロディ師、あなたなら警察のやり口や捜査上の手練手管をよくご存知でしょう。正直に申し上げて、私は手の込んだ捜査よりも学問研究にいそしむ方が好きなのですが、それなのにだしぬけに逮捕されたんです。ここの刑事たちは、プミータが死んだのは自殺ではなく、他殺だと確

1　スペイン語のｓは通常英語などと同じ発音になり、ｃのあとにｅ、ｉが続いた場合は英語のthと同じように無声歯摩擦音になる。ただ、中にはｓのあとにｅ、ｉが来た場合でも無声歯摩擦音で発音する人がいて、そのようなしゃべりかたがセセオと呼ばれる。

信しております。実を言うと、舞台裏にいるエドガー・ウォーレス[1]のような連中が私に疑いの目を向けているんです。私が未来志向型の進歩主義者であることは言うまでもありません。ですから数日前に、これまでにもらったラブレターを「思いやりをこめて読み返すこと」が何よりも賢明だろう、そうすれば感情的な重荷をすべて捨て去ることができて、精神衛生にいいと考えたのです。相手の婦人の名前を明かす必要はありませんね？　私はもちろんですが、あなたもその婦人の名前に興味をお持ちではないでしょう、イシドロ・パロディ？　古めかしい言葉を使わせていただきますが、この火付け器《ブリケット》を使って……」そう言いながら彼は並はずれて大きいライターを誇らしげに振り回した。「書斎兼寝室の暖炉で手紙を残らず火あぶりの刑に処したのですが、その結果どうなったと思われます？　私が罪のない火遊びをしたばかりに、そうと知った官憲の犬どもがうるさく騒ぎはじめましてね。自宅で愛用していたシガー・ケースや毎日目を通していた新聞を奪い取られ厳しい亡命生活、つまり週末をありがたい別荘《ビーリャ・デボート》で過ごす羽目になったのです。今にして思えば、そうしたものは私にとって大切なものだったんですね。むろん私は警察関係の人たちを高く評価していたのですが、今ではその考えも変わりましたが。最近は、スープを飲んでいても、ぞっとするようなあの連中がスープ皿の底からこちらをじっとうかがっているような気持ちに襲われるんです。冗談でなく真剣にお尋ねするのですが、私は今危険な状況にあると思われますか？」

「今の調子で最後の審判の後までしゃべりつづけたら、危険でしょうね」とパロディが答えた。「少し口をつつしまれないと、そのうちスペイン人とまちがえられますよ。まずは酔いを醒まして、リカルド・サンジャコモの死に関して知っていることをお話しください」

「なるほどそうですね。では、自らの豊穣の角[2]から溢れ出す言葉を使ってご要望にお応えすることにします。まず、事件の概要を話して、一気に説明させていただきます。親愛なるパロディさん、明敏なあなたに隠し立てしてもはじまりませんので、正直に申し上げます。プミータの死はリカルドに影響を（より正確には、悪い影響を）及ぼしました。ドーニャ・マリアーナ・ルイス・ビリャルバが、『ポロ競技のポニーがリカルドにとってはすべてなのよ』と羨ましいほど機知に富んだ表現で断定しましたが、あれは決して的外れの評言ではありません。というのも、その彼が悲しみに暮れひどく苛立った様子で、シティ・ベルの何とかいう仲買人に自分が所有している最高の馬を売り飛ばしてしまったんです。つい昨日まで目の中に入れても痛くないほどかわいがっていたのに、手放す時は何の未練もないかのように冷ややかだったそうですが、その話を聞いてわれわれは心底びっくりしました。彼はもはや勝利の美酒に酔うこともなければ、夕食会

1　エドガー・ウォーレス（一八七五―一九三二）。イギリスの作家。『正義の四人』などのスリラー小説を量産、一九一〇―二〇年代には絶大な人気を誇った。
2　古代ギリシアやローマ文明で、食べ物や豊かさの象徴として使われていた。

を開くこともないんですからね。彼の小説『真昼の剣』が出版されたのですが、以前のように生気が戻ってくることはありませんでした。本が出る前に、私はジャーナリズム受けするように多少手を加えました。あなたは出版物にはお詳しいでしょうからお気づきだと思いますが、誰が見てもわかるように、あの本には私でなければ書けないダチョウの卵ほどの大きさの、びっくりするような変更が何カ所か出てきます。おそらくあなたにはお褒めいただけると思います。次に、勲章受勲者《コンメンダトーレ》の細やかな心配り、深謀遠慮について話すことにします。父親は落ち込んでいる息子を励ましてやろうと、ひそかに小説の印刷を早めるように指示し、豚が木に登るよりも短い時間に、トイフェルスビーベル[1]版の本を六百五十部刷って、息子を驚かせたのです。勲章受勲者《コンメンダトーレ》は裏で変幻自在の神プロテウス[2]のように実にさまざまなことをやってのけました。かかりつけの医者と話し合い、銀行の名義人と協議し、反ユダヤ主義協会に女王然と君臨しているセルブス男爵夫人に寄付金は一文も出さないと言いきりました。彼は何百万ペソにものぼる自分の財産を二分し、多い方（こちらは地下の高速輸送システムに投資しているのですが、五年で元金が二倍にふくれ上がると言われています）は嫡子にあたるリカルドに、また目立たない証券の形で所有している少ない方は別の女性との間にもうけた息子エリセオ・レケーナに遺してやろうと考えておられます。そのくせ、私に対する謝礼は支払いを無期限《シネ・ディエ》に延期し、さらに金を貸している印刷所の経営者とは金を払う、払わないで大揉めに揉めています。

しかし、公正さよりも情を大切にしなければならないでしょうね。『真昼の剣』が出版された一週間後に、ドン・ホセ・マリーア・ペマン[3]が新聞の書評であの小説を絶讃しました。知的な人ならすぐに気がつくはずの、レケーナのご大層なシンタックスと、力のない用語とはおよそ相容れない装飾的な美辞麗句にペマンが惹かれたことはまちがいありません。目の前で幸運の女神がほほえみかけているというのに、頑なで思慮の足りないリカルドはプミータが亡くなったことをひたすら嘆き悲しんでいました。『死者は死者をして葬らしめよ』とあなたが心の中でつぶやく声が聞こえるようです。この言葉の意味について議論をしてもはじまりませんので、話を進めます。実を言うと、私はリカルドに今みたいにビービー泣いてばかりではいけない、過去というのはあらゆる芽生えがしまい込まれている貯蔵庫、倉庫のようなもので、そこの実り豊かな源泉の内に喜びの種を見出したほうがいい、いや、そうしなければならないのだと言って聞かせました。さらに、プミータと出会う前に関係のあった女性とアヴァンチュールを楽しんでみたらどうだね

1 全頁が羊皮紙製で、世界最大の写本と伝えられる聖書で、その大きさからギガス写本とも呼ばれる。トイフェルスビーベル（悪魔の聖書）の呼称は、本文中の悪魔の大きな挿絵と製作にまつわる伝説から。
2 ギリシア神話に登場する海神ポセイドンの従者で、予言と変身の術に長じていたと伝えられる。
3 スペインの詩人、劇作家、コラムニスト（一八九八―一九八一）。君主主義者の人気作家で、数多くの小説、戯曲をはじめさまざまなジャンルの作品を生涯にわたって発表し続けた。

と勧めました。良き忠告は勝利をもたらす、したがってそれを聞いたら即実行、というわけでわれらがリカルドは父親が咳をするよりも短い時間のうちに、元気はつらつ、意気揚々とセルブス男爵夫人の屋敷のエレベーターに乗り込んだのです。私は筋目正しいレポーターですから、固有名詞のような細部は隠したりしません。他方、歴史は彼がドイツ系の貴婦人を、有無を言わさぬ形で自分の専有物にしようとした一見上品そうに見えて、実に荒っぽくて、原始的なやり口をあきらかにしています。一九三七年の無邪気な春に、彼は川縁の観覧席に身を置いたのですが、それが夫人との最初の出会いでした。われらのリカルドは双眼鏡を手に、漕艇倶楽部《ルデルヴェレイン》のワルキューレと海神ネプチューンの恋人たちといった女性たちだけのチームが競うボート競技を見るともなく見ていました。と、突然どこでも図々しくのぞき込める双眼鏡の動きがとまりました。彼は口をぽかんと開け、クリンカー舟にのっているセルブス男爵夫人の美しく魅力的な姿に見とれていたのです。その日の午後にグラフィコ誌の今は手に入らないナンバーの一部が切り取られ、その夜、忠実なドーベルマンを従えた男爵夫人の写真が彼の部屋に飾られたのです。不眠症に一週間悩まされたあと、リカルドは私を捕まえてこう言いました。『頭のおかしいフランス女がしきりに電話をかけてきてイライラさせるので、一度会ってくるよ』おわかりだと思いますが、私は当人の言葉《イプシッシマ・ウェルバ》をそのまままくり返しているにすぎません。最初の愛の夜のことをざっと説明しましょう。リカルドはさきほど話した屋敷に着きました。エレベーターに乗ってまっすぐ上にあがると、気持ちのいいサロンに通され、ひとり残されたのです。と、突然明かりが消えました。若い彼の心に二つの考え、つまり、電気がショートしたか、誘拐されたのだという考えが浮かびました。しゃくり上げ、嘆き、生まれてきたことを呪ったのですが、腕を伸ばすと、疲れてはいるが、穏やかな威厳のある声が彼の耳に入りました。急に、暗闇が快く感じられ、ソファが誘いかけるように思えたのです。暁の女神である女性が彼をじっと見つめました。親愛なるパロディさん、もうこれ以上説明するまでもないでしょう。リカルドはセルブス男爵夫人の腕の中で目を覚ましたのです。

あなたや私のように椅子にゆったり腰を下ろして思索にふける生活を送っている人間にはあり得ないことなんですが、リカルドにはしょっちゅうそういったことが起こるんです。

プミータの死でショックを受けた彼は、男爵夫人に会いにゆきました。われらがグレゴリオ・マルティネス・シエラ[1]は、女性を現代のスフィンクスにたとえていますが、手厳しいこの言葉はたしかに名言です。むろんあなたのことですから、高潔さを信条とする私に向かって、あの腹の底が読めない貴婦人と、その膝の上で場所柄もわきまえず泣こうとしている色男がどのような会話を交わしたか詳しく話すように求めたりされないでしょうね。そういったたぐいのうわさ話や

1 スペインの劇作家、演出家（一八八一―一九四八）。人間の細やかな情愛を描く。

ゴシップは、真理の探求者ではなく、フランスかぶれした品のない作家の手にゆだねておけばいいんです。いずれにしても、三十分ほどすると、リカルドは以前自分を天上へと運んでくれたあのオーティス社のエレベーターで下へ降りてきたのですが、すっかり意気阻喪し、がっくり肩を落としていました。そこから彼の悲劇的な彷徨がはじまるのです。おい、リカルド、そんなことをしていると、自分を見失うぞ、危ない、落ちるぞ！　気をつけるんだ、今に狂気の淵に転落するぞ！　彼の理解しがたい受難の道《ウィア・クルシス》について詳しく話すことにしましょう。男爵夫人と話し合った後、リカルドはドサ回りをしている三流の旅芸人ミス・ドリー・ヴァヴァスール[1]の家に足を向けました。どういう経緯であの女優と知り合い、関係を持つようになったのかはわかりません。ともかく、あのふしだらな女について、ああだこうだと言い立ててもお聞き苦しいでしょうから、止めておきます。ただ、その人となりについては一言で説明できます。実を言うと、私は献辞を入れ、自筆のサインまでつけて『ゴンゴラはすべて語れり』という自著を彼女のところに送ったのですが、あの無教養な女は返事ひとつ寄こしませんでした。その後、お菓子やパイ、清涼飲料水と一緒に豪華版の著書『J・セハドール・イ・フラウカ[2]のパンフレットに見られるアラゴン方言』を、グランド・スプレンディッド宅配サービスで送りつけたのですが、それでも心を開こうとしませんでした。リカルドが彼女の私室に足を向けたのは精神に異常をきたしたか、頭がおかしくなったからだとしか考えられないのですが、それがどういうたぐいの狂気なのかいまだに理解できず悩んでおります。あの私室がありとあらゆる快楽をもたらす場所であることはつとに知られていますが、自分がそこを訪れなかったことを誇りに思っています。しかし、罪深い行いをすれば、必ず懲罰が下ります。アングロサクソン系のあの女と実りのない会話を交わした後、リカルドは敗北の苦い味を噛みしめながらがっくりうなだれ、逃げるように外に出ました。頭にはしゃれたつば広の帽子をかぶっていたのですが、その下では狂気にとりつかれた考えが渦巻いていました。あの外国人女性の家（正確には、フンカル街とエスメラルダ街の角ですが）からそう遠くないところで、彼は男らしい決断を下しました。通りかかったタクシーに飛び乗り、しばらくしてマイプー街九〇〇番地の家族用の貸部屋の前で降りたのです。彼にはいい風が吹きはじめていました。そこは全能の神であるアメリカ・ドルを求めて狂奔している通行人が目を向けることのない絶好の隠れ家で、ミス・エイミー・エヴァンスが住んでいました。ミス・エヴァンスは今もそこに住んでいます。彼女は女性らしさを失うことなく、易々と地平線を越え、あちこちの異なった気候を感じ取っています。つまり一言でいえば、彼女はヘルバシオ・モンテネグロが地方局長をつとめているアメリカ大陸友好団体で働いているのです。その財団は南アメリカの女性

1　前出のドリー・シスターと同一人物と考えられる。
2　スペインの文芸評論家（一八六四―一九二七）。

（ミス・エヴァンスは「ラテン系の私たちの姉妹」というしゃれた言い方をしていますが）がソルトレークシティやその周辺の緑豊かな農場への移住を奨励するという立派な目的のもとに活動しています。ミス・エヴァンスの時間はかけがえのないほど貴重なものです。机の上には郵便物が山のように積んであったのですが、彼女はその多忙な中から迷惑な十五分《モヴェ・カール・デュール》を割いて、威厳ある態度で友人の彼を迎えました。彼が婚約者を亡くした時に、激しく言い寄ったのですが、そんな彼女を彼はうまくいなしました。ミス・エヴァンスと十分もしゃべれば、この上もなく軟弱な*彼の精神でもしゃんとするはずなんですが、哀れなリカルドはひどく落ち込んで、下りのエレベーターに乗ったのです。その目には自殺という文字がはっきり浮かび上がっていたので、粘り強い予言者ならきっとその文字を読みとったことでしょう。

暗澹たる憂鬱にとりつかれたときは、四月の春を呼ぶ声に耳を傾け、夏ともなれば丘や平原を緑で覆い尽くす、単純明快で永遠にくり返される自然に優る薬はありません。相次ぐ不運に打ちのめされたリカルドは、孤独な田園を求めて、そのまままっすぐアベリャネーダに向かいました。カーテンがかかり、ガラスをはめ込んだモンテネグロの屋敷のドアが開いて、彼を迎え入れました。人をもてなすことでは人後に落ちない主人は、彼から異常に長いコロナ印の葉巻を受け取ると、それをぷかぷかふかし、軽口を叩きながら予言者のような口振りで、あれやこれやいろいろな話をしたのですが、われらがリカルドはそれを聞いて泣き出さんばかりに悲嘆にくれて、ビーリャ・カステルラムマーレへとって返しました。あの時は二万もの気味悪い悪魔に追いかけられてでもいるようにひた走っていました。

彼は狂気の暗い控えの間、自殺の待合室にいたのです。その夜の彼には元気づけてくれるような親しい友人はもちろん、話し相手も、仲のいい文人もいませんでした。

出納帳の数字よりもとげとげしくささくれだち、老いさらばえたクローチェを相手に彼は延々としゃべる羽目になったのですが、それが最初の夜でした。

丸三日間、われらがリカルドはクローチェを相手に、そうした実りのない議論を戦わせていたのです。金曜日にようやく正気を取り戻し、彼は自分の意志《モトウ・プロプリオ》で私の寝室兼書斎にやってきました。私は彼を元気づけようと思い、自分が編集したロドー[1]の『アリエル』の新版のゲラ刷りがあったので、その校正をするように言ったのです。ゴンサーレス・ブランコに言わせれば、〈柔軟さにおいてバレーラ[2]をしのぎ、優雅さにおいてペレス・ガルドス[3]を、洗練という点でパルド・バサン[4]

＊〔原注〕時にマリオは攻撃的になるんです。（これはドーニャ・マリアーナ・ルイス・ビリャルバ・デ・アングラーダの言葉である。）

1　ホセ・エンリーケ・ロドー（一八七一―一九一七）。ウルグアイの思想家。モデルニスモの作家。
2　ファン・バレーラ（一八二四―一九〇五）。神秘主義に造詣が深く、心理的洞察に富んだ小説を残した。
3　ベニート・ペレス・ガルドス（一八四三―一九二〇）。十九世紀写実主義の頂点に立つスペインの小説家。
4　エミリア・パルド・バサン（一八五一―一九二一）。十九世紀スペインの写実主義を代表する女性作家。

を、近代性でペレーダ[1]を、教育の点でバーリェ＝インクラン[2]を、批判精神の点でアソリンをしのいでいる〉ロドーこそ師と呼ぶにふさわしい作家です。私はリカルドにライオンの髄のスープを勧めたのですが、別の人がプラシーボ[3]を処方したようです。しかし、数分経つと、憔悴していた彼はいくぶん元気になり、機嫌良く別れの挨拶をして部屋を出てゆきました。そして、校正の仕事を続けるために私がメガネをかけようとしたときに、円形の芝生の庭の反対側から突然恐ろしい銃声が聞こえたのです。

外に出たときに、レケーナに出くわしたんです。リカルドの寝室のドアが半開きになっていまして、仰向けになった彼の遺体が床に転がり、柔らかな毛布がぞっとするような鮮血で真っ赤に染まっていました。まだ温もりの残っているリボルバーが永遠の眠りについた彼を見守っていました。

声を大にして言わせていただきますが、彼は考えた末にあのような決断を下したのです。あとに残された彼の嘆かわしいメモが何よりもはっきりとそのことを物語っています。そのメモはたしかに、ロマンス語のこの上もなく豊かな表現を身につけていない人が書いたように舌足らずで、わずかばかりの形容詞しか使えない教養のない人間が書いたように言葉が貧しく、言葉遊びをしたことのない人が書いたように精彩を欠いています。これまで私が何度となく演壇の上からほのめかしてきたことを、あのメモは裏付けています。つまり、いわゆる学校出の人は辞書に備わる神秘に気づいていないということです。良き表現を求めて戦うこの上もなく熱烈な十字軍の戦士であるあなたの前で、彼の残したメモを読み上げることにします」

これは、ドン・イシドロに追い返される直前に、ボンファンティが読み上げたメモである。

これまでぼくはつねに幸せだったのですが、それが良くなかったのです。今や事態が変化し始め、それは今後も続くでしょう。もう何がどうなっているのかわからなくなったので、自殺します。ぼくのこれまで人生は嘘で塗り固められています。プミータが死んでしまった今、彼女にお別れを言うこともできません。世界中のどの父親にもできないことを、父はぼくのためにしてくれました。そのことをみんなに知ってもらいたいと思っています。それではさようなら。どうかぼくのことは忘れてください。

リカルド・サンジャコモ（自筆サイン）

1　ホセ・マリーア・デ・ペレーダ（一八三三―一九〇六）。農民や地方色豊かな生活を描いたスペインの作家。
2　ラモン・マリーア・デル・バーリェ＝インクラン（一八六六―一九三六）。貴族趣味で耽美的な作品を発表した後、人物を戯画化、デフォルメした独自の手法で、社会の不正、偽善を攻撃したスペインの小説家、劇作家。
3　薬効はないが、実験的、臨床的に試験するときに対照剤として与える薬品。

一九四一年七月十一日、ピラール

Ⅴ

そのあとすぐに、サンジャコモ家かかりつけの医師ベルナルド・カスティーリョがパロディのもとを訪れた。そして、二人は長々と内密の話を続けた。同じ頃に、ドン・イシドロは会計士のジョヴァンニ・クローチェとも話し合ったが、このときの対話も先と同じように内々のものだった。

Ⅵ

一年後の一九四二年七月十七日の金曜日に、ゆったりしたレインコート、くたびれたつば広の帽子、色あせたタータンチェックのネクタイ、それにサッカー・チームのラシンのロゴが入った真新しいセーターを着たマリオ・ボンファンティが二七三号独房に入ってきた。彼は染みひとつないナプキンで包んだ大皿を抱えており、そのせいで足元がおぼつかなかった。

「ご馳走を持参しました」と彼は大声で言った。「ゆかいなお仲間のパロディさん、私が指を折って一を数える前に、あなたはご自身の指をおいしそうに嘗めておられますよ、これは蜂蜜を塗ったクレープ。こちらの肉パイは料理名人の手作りです。また、料理を盛った皿には、皇女様の紋章と〈ここに横たわれり《ヒック・ヤーケット》〉という銘が刻まれております」

　マラッカ製のステッキがそんな彼を押しとどめた。ステッキを振り回していたのは三人目の銃士ヘルバシオ・モンテネグロだが、彼の出で立ちは、フーダンのオペラ・ハットにシャンベルランのモノクル、もの悲し気な黒い口髭、袖口と襟元にカワウソの皮をあしらった外套、メンダックスの真珠をひとつ粒飾りにつけたカラー、ニンボの靴にバルピントンの手袋というものであった。

「お会いできてうれしく思っております、親愛なるパロディさん」と彼は優雅な口振りで言った。「秘書の下らないおしゃべり《ファデーズ》をどうかご容赦ください。ブエノスアイレス郊外のシウダデーラやサン・フェルナンドで使われている詭弁に惑わされないように。思慮分別のある人なら誰もが、アベリャネーダが名誉ある地位を占めて当然だと考えております。ボンファンティには、諺《ことわざ》や古風な言い回しは結局時代遅れ《ヴィユー・ジュー》で、場違いなものになるぞと口が酸っぱくなるほど言い聞かせておるんですがね。彼には読書指導もしているんですが、どうも効果はないようです。アナトール・フランス、オスカー・ワイルド、トゥーレ[1]、ドン・ファン・バレーラ、フラディク・メンデス[2]、ロベール・ガーシュ[3]をしっかり読むように言っておりますが、反抗的なところのある彼の耳には入らなかったんでしょうな。ボンファンティ、いつまでも人の言うことに耳を貸さず、反抗的な態度をとっていてはいかんぞ。どこかからくすねてきたその肉パイのことはさっさと忘れて、コスタ・リカ街五七九一番地にある水道・ガス配管工事の会社〈満開の薔薇《ラ・ローサ・フォルマーダ》〉へ自ら進《モトゥ・プロ》んで《プリオ》行くといい、あそこなら君でも何がしかの役に立てるかもしれん」

　ボンファンティはへり下った態度で手に口づけをし、もごもごお詫びの言葉を口にしながら動じる様子もなくあたふた逃げ出した。

「ドン・モンテネグロ、あなたはよく飼い馴らされた馬に乗っておられますから」とパロディが言った。「その四つ足の椅子の上にのぼって換気口を開いていただけますか。この肉パイはどうやらラードで揚げてあるようで、そのきつい匂いのせいで息が詰まりそうになるんです」

　モンテネグロは決闘にのぞむ人間のように身軽に椅子の上に飛びのると、師に言われたとおり換気口を開き、そのあと芝居がかったポーズで椅子から飛び降りた。

「何ごとにも期限というのがあります」彼は踏みつぶしたタバコの吸い殻に目をやり、次に大きな金時計を取り出し、ネジを巻いてそれを見つめた。「今日は七月十七日で、あなたがビーリャ・カステルラムマーレの惨劇の謎を解決されてちょうど一年になります。あの時、まる一年たった同じ日に、あの事件の謎をすべて説明しますと約束してくださいましたね。気のおけない雰囲気の中で私がこうしてグラスを高くかかげたのは、あなたにその約束を思い出していただきたかったからなのです。親愛なるパロディさん、正直に申し上げますが、夢想家である私はこの上なく興味深くて、しかも思いもよらない話を聞かせていただけるだろうと思って、仕事と文筆活動の合間を縫って、こうしてやってきたのです。物事を理路整然とお考えになるあなたなら、堂々たる知的構築物とも言えるご自身の考えに加えて、さらに有益な解釈をそこに付け加えてくださるだろうと期待しています。私は頑迷固陋《がんめいころう》な建築家ではありません。言うまでもないことですが《スラ・ヴァ・サン・ディール》、怪しげなこと、信じがたいことは遠慮なく切り捨てさせていただきますが、価値ある砂粒を差し出していただけるなら、それを受け取るに決してやぶさかではありません」

「そんなに心配なさることはありません」とパロディが言った。「先にあなたからお話しください、そうすればあなたの言っておられる砂粒が、私のそれと同じだということがわかるはずです。言葉をしゃべるオウムが、最初のトウモロコシを食べてしかるべきなのです」

モンテネグロはあわててこう答えた。

「とんでもありません。〈まずはイギリス人の方から《アプレ・ヴー・メッシュー・レ・ザングレ》〉と申し上げたいところです。それはとも

1　ポール＝ジャン・トゥーレ（一八六七―一九二〇）。フランスの作家。代表作『コントルリーム』。

2　カルロス・フラディク・メンデスは架空のポルトガル人冒険家で、十九世紀ポルトガルを代表する作家エッサ・デ・ケイロスが仲間とともに創造した人物であり、この人物を通して様々な社会批判を行った。

3　アルゼンチンのエッセイスト、劇作家（一八九一―一九六六）。

かく、正直言って、あの事件に対する興味は自分でも驚くほど薄れてしまいました。勲章受勲者《コンメンダトーレ》はもっと骨のある人物だと思っていたのですが、ひどく失望させられました。彼は路上で野垂れ死にしたんですよ（これからもきつい比喩を用いることになりますので、どうか心してください）。司法当局の手で遺産が競売にかけられたのですが、負債を相殺するのがやっとでした。それに比べれば、レケーナの置かれた立場は羨むべきものです。ハンブルク風の祈禱所とひとつがいのバクは、競売《アンシュロール》にかけられたのですが、私は目が飛び出るほど高い値でそれらを競り落としました。それについては、皇女も文句の言えた義理ではないのです。何しろ、以前ペルーで掘り出され《フーイユ》、勲章受勲者《コンメンダトーレ》が個人用のデスクの引き出しにしまい込んでいた素焼きの蛇を、外国の平民の手から救い出したのですからね。神話的な暗示に満ちたあの蛇は、現在わが家の待合室でにらみをきかせています。失礼《パルドン》、人騒がせなあの蛇のことは以前にここを訪れたときに話しましたね。こう見えても私は趣味にうるさいほうなんですが、実を言うとボッチオーニ[1]のうねり、のたうつダイナミックで暗示的なブロンズの怪物像をひそかに《イン・ペット》ねらっていたんですが、魅惑的なマリアーナ（つまり、アングラーダ夫人のことですが）もあの像に目をつけているとわかって、直ちにあきらめて名誉ある撤退を選ぶことにしました。あそこで無理押ししなかったのが結果的によかったんです、おかげで現在あの人とはきわめて良好な関係を結んでおりますからね。しかし、話が横道に逸れて、あなたの興味まであらぬ方向に導いてしまいました。あなたがあの事件の概要をかいつまんで話してくださるのを期待しているんですが、口火を切る意味で私から話すことにします。こんなことを言うと、意地の悪い連中は人を小馬鹿にしたような笑みを浮かべるかもしれませんが、私は誰に恥じることなく話すことができます。あなたもご存知のように、私は決して根も葉もないことを言っているわけではないのです。これまで約束はきちんと果たしてきました。すでにおおよそ《ラクルシ》のことはお話ししたと思いますが、セルブス男爵夫人、ロロー・ビクーニャ・ド・クライフ、それにあのやせぎすでしつこい食わせもの《フォース・メーグル》女ドローレス・ヴァヴァスールに対しては、私なりに精一杯対応してきたつもりです。ジョヴァンニ・クローチェというのは会計課の真のカトー[2]なのですが、彼に対してはなだめたりすかしたりと手を尽くし《メランジュ》、今のままだとあなたの名前に傷がつきますよと言って、姿をくらます直前にこの牢に来るようにと説得しました。ブエノスアイレスとその近郊に悪意に満ちた匿名のパンフレットがばらまかれましたが、その一部はここにお持ちしたはずです。あれを書いた人間は名前を伏せて正体を隠し、いまだに公開されている記念碑とも言えるあの作品の前でとんだ道化役を演じました。つまり、パンフレットの著者はリカルドの小説とペマンの『聖女副王夫人』との間に一致点が見られるというばかげたこ

1　ウンベルト・ボッチオーニ（一八八二—一九一六）。イタリアの画家、彫刻家。未来派の代表者。
2　大カトー（前二三四—前一四九）のこと。古代ローマの政治家、文人。監察官カトーの名で知られる。

とを言って、あの小説を非難したのですが、リカルドの文学上の師であるエリセオ・レケーナとマリオ・ボンファンティはペマンの作品を厳格な手本として選んだのですから、当然のことなのです。セバスコ博士という名のパンフレットの著者は壇上に登って、これ以上ないほど大きな声を張り上げました。つまり、著者はリカルドの作品がペマンの小説の何章かを剽窃している——これは、あの作品から最初の霊感を受けたわけですから、許されてしかるべきものなのですが——と認めながら、その一方であの作品はむしろポール・グルーサックの[1]『宝くじ』の引き写しである、ただ、時代を十七世紀に設定し、キニーネの薬効のセンセーショナルな発見を絶えず想起させることを評価しています。

話が逸れてしまいました《パルロン・ドートル・ショーズ》。あなたはもうお年なので、気まぐれ病がでているのではないかと思い、黒パンとオートミールに凝っているカスティーリョ博士に、水治療の診療所をしばらく閉めて、医者としてあなたを診察するようにと頼んでおきました」

「ばか話はそれくらいにして一息入れましょう」と犯罪研究家が言った。「サンジャコモ事件は実に入り組んでいるんです。ドン・アングラーダとバルシーナ夫人がここへやってきて、最初の殺人事件があった前の夜に勲章受勲者《コンメンダトーレ》の家でちょっとした口論があったという話をしてくれたのですが、その話を聞いた午後からいろいろと考えてみました。その後、亡くなったリカルド、マリオ・ボンファンティ、あなた、会計係、それにかかりつけの医師がいろいろ話してくれたので、私の推測が揺るぎないものになったのです。あの哀れな若者が残した手紙も事情を理解する上で手がかりになりました。

運命の女神は細心で、
縫い目のひとつひとつをきちんと縛ってゆく

と、エルネスト・ポンツィオ[2]が言ったとおりです。

サンジャコモ老の死と匿名のパンフレットも事件を解明する手がかりになってくれます。ドン・アングラーダと出会わなければ、おそらく事件の全貌は見えてこなかったでしょう。その証拠に、彼はプミータが亡くなったときの話をするに際して、サンジャコモ老がロサリオの港に降り立った時までさかのぼっているんですからね。神は愚かな人間の口を借りて語りかけるものです。あの日、あの場所で、本当の意味での物語がはじまります。警察関係の人たちは目新しい事実しか見ていません。つまり、プミータやビーリヤ・カステルラムマーレ、一九四一年といった

1 フランス・トゥールゥーズで生まれたが、アルゼンチンに移住し、作家、歴史学者、文芸批評家として数々の著作をあらわし、また国立図書館の館長としても大きな業績を残した（一八四八―一九二九）。
2 アルゼンチンのタンゴの作曲家（一八八五―一九三四）。

ことばかり考えているものですから、何も発見できなかったんです。私は長年牢屋暮らしをしていますから、物事を歴史的にたどりながら考えるようになりました。まだ牢に閉じ込められておらず、遊ぶお金が多少ともあった若い頃のことを思い出すのが好きなんです。今回の歴史ははるかに遠い昔にまでさかのぼらなければなりませんし、勲章受勲者《コンメンダトーレ》がすべての鍵を握っています。ここであのイタリア人のことを考えてみましょう。アングラーダの話によると、一九二一年に彼はもう少しで頭がおかしくなるところだったそうですね。いったい何があったのでしょう？　彼の妻はイタリアから移民として送られてきたわけですが、その妻が亡くなりました。彼はしかし、妻のことをほとんど知らなかったんですよ。勲章受勲者《コンメンダトーレ》がその程度のことで頭がおかしくなるような人間だと思われますか？　失礼、つばを吐きますので、少し片側に寄ってください。同じくアングラーダの話によると、友人のイジドロ・フォスコ伯爵の死が原因で夜眠れなくなったそうです。たとえ貴族年鑑にそう書いてあったとしても、私には信じられません。当時、伯爵は億万長者で、領事をしていました。一方、サンジャコモはしがないゴミ収集人でしかなかったんですが、伯爵がそんな彼に与えたものといえば忠告だけでした。勲章受勲者《コンメンダトーレ》にひどく同情するというのなら話は別ですが、そうでなければ、そういう友人が亡くなってほっとしたにちがいないと考えるほうが自然でしょう。それに事業のほうもうまくいっていましたしね。何しろ、食料と同じ値段で大黄《ルバーブ》を売りつけて、イタリアの全軍隊を辟易させた上に、勲章受勲者《コンメンダトーレ》の称号まで手に入れたんですから。で、どうなりました？　よくある話です。イタリアからやってきた妻がフォスコ伯爵と手を組んで、彼をだましたんです。さらに悪いことに、サンジャコモが気づいたときはすでに手遅れでした。彼をまんまとだしぬいたあの二人は、すでにこの世にいなかったんですよ。

　カラブリア[1]出身の人間がどれほど執念深くて、恨みっぽいかはあなたもよくご存知でしょう。第十八分署の事務員とは比較になりません。勲章受勲者《コンメンダトーレ》は、妻に対してはもちろん、素知らぬ顔でアドバイスを与えてくれた伯爵にももはや復讐できないとわかって、二人の間にできた子供、つまりリカルドに復讐しようと心に決めたのです。

　普通の人間、たとえばあなたのような方なら、不義の子供が産まれたら、その子に多少つれなく当たるにしても、それだけで終わるはずです。ところが、サンジャコモ老の場合は憎悪がふくれ上がっていったのです。そこで、前大統領ミトレ[2]でも考えつかないような計画を練り上げました。実に息の長い手の込んだ計画で、脱帽するほかはありません。それはリカルドの生涯を視野に入れ、最初の二十年間にこの上ない幸せを味わわせたうえで、残りの二十年間は悲惨な目にあわせるというものだったのです。信じられないかもしれませんが、彼の人生には偶然の産物など

1　イタリア南西部の町で、ブーツ形の半島の足先に当たる土地。
2　バルトロメー・ミトレ（一八二一―一九〇六）。独裁者ロサスの政権を倒し、アルゼンチンの大統領に就任（一八六二―六八）。州間対立を抑えて国家の統一を達成した。

何ひとつありませんでした。あなたもよくご存知の女性を例にとってみましょう。セルブス男爵夫人、シスター、ドローレス、それにビクーニャ、こういった女性たちとリカルドは深い仲になりましたが、本人に気づかれないよう老人がすべてを仕組んだのです。ドン・モンテネグロ、あなたも一枚嚙んで、そこから甘い汁を吸ってぬくぬくと太られたはずですから、これ以上説明するまでもないでしょう。プミータとの出会いも、リオハの選挙以上に仕組まれたものだったような気がします。弁護士試験の時もそうです。何の努力もしていないのに堂々たる成績を収めたのです。政界に乗り出そうとしたときも同じでした。サポナーロを御者台に座らせておけば、選挙で負けることは絶対にありませんからね。どれも同じパターンの繰り返しなんですから、とんだお笑いぐさです。覚えておられると思いますが、ドリー・シスターの口を封じるために六千ペソもの金を払っています。また、モンテビデオでは鼻声でしゃべる小柄な男が突然現れましたが、あれも父親の差し金だったんです。その証拠に、五千ペソものお金を貸しておきながら、取り返そうとしなかったでしょう。次に、リカルドの書いた小説ですが、あれについては先ほどあなたはレケーナとマリオ・ボンファンティが後見役になっているとおっしゃいましたね。実は、プミータが亡くなる前日の夜に、レケーナがぽろりと口を滑らせたのです。彼は、リカルドの小説が間もなく完成するので、今とても忙しいんですと言ったのですが、語るに落ちるとはあのことです。小説を書いていたのは彼なんですよ。その後ボンファンティが手を加えて、ダチョウの卵ほどの大きさにしたというわけです。

かくして、われわれは一九四一年にたどり着きます。リカルドはわれわれと同じように自分の意志で行動していると思いこんでいました。しかし、実際はチェスのコマのように動かされていたにすぎません。プミータというのはどこから見ても良家のお嬢さんなのですが、そのプミータと婚約にまでこぎ着けました。何もかもが順調に運んでいるかのように思えました。サンジャコモ老は、運命の女神のように自分の意のままに息子を動かすことができるという傲慢な考えにとりつかれたのですが、とたんに実は運命の女神にもてあそばれているのはほかでもない自分自身なのだと思い知らされます。体調を崩してカスティーリョ博士に診察してもらった時に、老人は余命はあと一年しかないと宣告されたのです。博士にきけば適当な病名を教えてくれるでしょうが、タボラーラ[1]と同じ心臓疾患ではなかったかと考えています。サンジャコモはことを急ぐことにしました。残された一年の間に、最後の幸せとありとあらん限りの災厄と困窮をリカルドに味わわせなければならなかったのです。しかし、彼はそんなことでひるみませんでした。六月二十三日の夕食会の席でプミータが彼に、はっきり言ったわけではありませんが、あなたの企みはわかっていますわよとほのめかしたのです。その企みに気づいていたのは、サンジャコモを別にす

1　ホセ・アントニオ・タボラーラ（一八二一―一九〇九）。ウルグアイの劇作家。

ればは彼女だけでした。で、彼女は自分が見た映画の話を持ち出したのです。つまり、映画に出てくるファーレスという人物はそれまで何をしてもうまくいっていたのに、その後突然幸運の女神に見放されてしまうというストーリーです。サンジャコモは話を逸らそうとしました。ですが彼女は耳を貸そうとせず、偶然がまったく介入しない人生もあるとくり返しました。さらに彼女は、老人が日々の出来事を書き綴っているノートを話題にしました。そうすることで、読ませていただきましたよと暗に伝えたのです。サンジャコモは彼女の言っていることが本当かどうか確かめようとして、罠を仕掛けました。つまり、あるロシア系ユダヤ人が素焼きの爬虫類をスーツケースにしのばせていたという話を持ち出したのです。老人はそれを買い取り、ノートをしまってあるデスクの引き出しに隠していました。そして、その爬虫類をピューマだとわざと嘘をついたのです。引き出しに入っていたのが蛇の焼き物だと知っていたプミータはそれを聞いてびっくりしました。不安に駆られた彼女は、老人のデスクの引き出しをかき回しているうちに、リカルドの手紙を発見し、さらにノートまで見つけました。中を読みたくなった彼女は、その日記を通して老人の計画を知ったのです。その夜、みんなで話しているときに彼女は何度となく軽率な発言をしています。とくに、その話は明日もう一度しましょうとリカルドに言った言葉が重大な意味をもつことになります。老人は憎悪に駆られて練り上げた自分の計画が台無しになるのではないかと不安になり、プミータを殺す決意を固めました。そこで、彼女が寝るときに飲む薬に毒を忍ばせたのです。リカルドが、彼女は薬をタンスにしまっていると言ったのを覚えておられるでしょう。彼女の寝室には誰でも簡単に入れました。あの家の部屋はすべて彫像の並んでいる回廊に面していますからね。

あの夜は別の話題も取り上げられていますから、それについて話すことにしましょう。若いお嬢さんはリカルドに、小説の出版を何年か先に延ばすように言いましたね。サンジャコモは真っ向からそれに反対して、すぐに出すべきだと言い張ったのですが、その裏にはあの小説がすべて剽窃だということをすっぱ抜いたパンフレットをばらまいてやろうという魂胆があったんです。私は、映画の歴史を書くと言って家に残ったアングラーダがあのパンフレットを書いたとにらんでいます。多少とも事情に通じた人なら、リカルドの小説が剽窃だと気がつくはずだ、とこのパンフレットには書いてありますからね。

法律的にはリカルドから相続権を剝奪することができないとわかって、勲章受勲者《コンメンダトーレ》はそれなら財産をなくしてやればいいと考えたんです。レケーナが相続する分はあまりうまみはないが、より安全な債券の形にして遺し、リカルドの取り分は地下鉄に投資したんですが、こちらはうまみのある分、リスクも大きかったんです。その金をクローチェがそしらぬ顔をしてくすねました。勲章受勲者《コンメンダトーレ》はそのことに気づいたんですが、これでリカルドは一銭も受け取れなくなるだろうと考えて素知らぬ顔をしていました。

間もなく経済的ににっちもさっちもいかなくなりました。ボンファンティの給料はカットされる、男爵夫人は古草履のように捨てられる、リカルドは仕方なくポロ競技用のポニーを売らざるを得なくなる、といった具合です。

かわいそうに、あの若者はそれまで一度も苦労らしい苦労をしたことがありませんでした。何とかしようと思って、男爵夫人のところへ足を運ぶんですが、彼女は金をせしめることができなかったせいですっかりつむじを曲げていましたから、彼に冷たく当たり、あなたと関係を持ったのは、お父さんからお金をもらっていたからなのよとばらしてしまいます。リカルドは運命の女神がもはや微笑んでくれないことに気づいたのですが、その理由がわからなかったのです。ひどく取り乱していたものの、ひょっとするとほかの女性たちも同じかもしれないと考えて、ドリー・シスターとエヴァンスのところへも出かけてゆきます。あの二人もやはり、彼を迎え入れたのは父親から金をもらっていたからだと打ち明けます。彼があなたに会いに行ったのはその後のことですね、モンテネグロ。あなたは先ほど、彼女たちやそのほかの女性と話をつけたとおっしゃいましたね。そうでしょう?」

「カエサルのものはカエサルに、というわけです」とモンテネグロはわざとらしくあくびをしながら言った。「あなたもご存知だと思いますが、誠心誠意意見の一致《アンタント》を見るよう調整する、それが私の第二の天性なのです」

「経済的にやって行けなくなったリカルドは、クローチェに相談します。その時の話から、自分を破滅させようとしているのが勲章受勲者《コンメンダトーレ》だというのが明らかになりました。
これまでの人生がすべて茶番劇だとわかって、彼は戸惑い、打ちのめされました。彼にしてみれば、お前はまったく別の人間なのだと突然宣告されたようなものですからね。リカルドは自分ではひとかどの人間だと思っていました。それなのに、自分の過去、これまで収めてきた数々の成功、そのすべてが父親の仕組んだものであり、理由はよくわからなかったのですが、父親こそ自分の敵であり、自分を地獄に落とそうとしているのだということに気づいたのです。それならこれ以上生きていても仕方がないと彼は考えました。彼は父親を愛し続けていたので、勲章受勲《コンメンダト》者《ーレ》には愚痴や恨み言を一切口にしませんでした。けれども、みんなに別れを告げ、父親に読んでもらおうと思って書いた手紙には、こう書いてあります。

　今や事態が変化し始め、それは今後も続くでしょう。……世界中のどの父親にもできないことを、父はぼくのためにしてくれました。

長年牢で暮らしてきたせいでしょうか、今では人を罰しても意味がないような気がしてならないのです。外の世界では、罪を犯した人はそれぞれに罰を受けています。けれども、廉直な人間は他人を裁いたりしません。勲章受勲者《コンメンダトーレ》にはあと数カ月の命しか残されていなかったのですから、今さら彼を告発し、弁護士や裁判官、警官のいる蜂の巣をつついて、意味のない騒ぎを引き起こしたりせず、そっとしておきましょう」

――プハート、一九四二年八月四日

タデオ・リマルドの犠牲

〔主要登場人物〕

トゥリオ・サバスターノ——イシドロ・パロディにヌエボ・インパルシアル・ホテルで起こった殺人事件について相談にやってくる同ホテルの住人。

ビセンテ・レノバーレス——ヌエボ・インパルシアル・ホテルの経営者。

クラウディオ・サルレンガ——同ホテルの共同経営者。

ファナ・ムサンテ——男好きのするサルレンガの愛人。

タデオ・リマルド——ヌエボ・インパルシアル・ホテルに流れ着いた貧相な田舎者。

シモン・ファインベルグ——同じホテルに住みついている吝嗇なロシア系ユダヤ人。別名〈横顔のいい男〉。

フランツ・カフカの思い出に

I

二七三号独房の囚人イシドロ・パロディはあまり気乗りしない様子で訪問客を迎えたが、頭の中では「また新手のやくざっぽい男が厄介ごとを持ち込んできたんだろうな」と考えた。自分がまだ若くて、アルゼンチン人になりきっていなかった二十年前には、目の前にいる男と同じようにSの発音をわざと長く伸ばし、大仰なジェスチャーをまじえてしゃべっていたことをすっかり忘れていたのだ。

サバスターノはネクタイを直すと、囚人用の簡易ベッドの上に茶色のつば広帽を放り投げた。色が浅黒くてハンサムな彼は、少しばかり不機嫌そうな表情を浮かべていた。

「モリナリ氏から、ご面倒をおかけすることになるが、あなたに相談するようにと言われてきたんです」と切り出した。「ヌエボ・インパルシアル・ホテルで起こった血なまぐさくて、しかも謎に包まれたあの事件には誰もが頭を抱えております。実を言いますと、あなたに今回の事件の謎を読み解いていただきたいのです。私は純粋にこの国を愛する者としてやってきたのですが、警官たちから白い目で見られてうんざりしています。どんな事件でもその謎を解明することにかけて、あなたは野獣のように鋭い嗅覚をお持ちだと伺っています。もってまわった言い方は性に合わないので、事件の概要をかいつまんで《グロッソ・モド》お話しすることにします。

　人生には浮き沈みがつきものですが、今の私は待機の時期にあると考えておとなしくしています。つまり以前のように小銭を稼ぐのに躍起になるのではなく、一歩下がって、事態がどう変化してゆくのかをこの上なく冷静に観察しているんです。これまではわずかばかりの金を手に入れるために熱くなっていましたが、今はまずよく調べ、ソーダ水を飲みながらその時が来るのを待ち、ここぞという時に一気に勝負に出るようにしています。こんなことを言うと笑われるかもしれませんが、ここ一年ばかり卸売市場に足を向けていないので、若い連中と顔を合わせても私が誰だかわからないでしょうし、自分の小型トラックを運転して行こうものなら、賭けてもいいですが、彼らは口をぽかんと開けてこちらを見るにちがいありません。今は冬ごもりの時期だと考えて後方に退き、カンガーリョ街三四〇〇番地にあるヌエボ・インパルシアル・ホテルに身を潜めています。大都会をひとつの絵柄と見立てれば、あのあたりはその絵柄に独特の色合いを添えるいかにもブエノスアイレスらしい地区だと言えるでしょうが、私はなにも好きこのんで住んで

いるわけでなく、

　ぼくはスローなタンゴを口笛で吹きながら、
　　逃走のポルカを弾いている

と歌にもあるようにいずれ姿をくらますつもりです。

　あのホテルのドアには、紳士用ベッド六十センターボからという心をそそる張り紙があります。それを見ると何となく不潔きわまりないホテルのように感じられるかもしれませんが、決してそんなことはないんです、ドン・イシドロ。私は一人部屋を借りているんですが、このところ〈横顔のいい男〉の別名で知られるシモン・ファインベルグの部屋に転がり込んでいます。といっても、彼はいつも教理問答会館のほうに出向いていて、部屋にはいないんですけどね。今日はメルロ、明日はベラサテーギといったようにツバメみたいにあちこち飛び回っている連中がいますが、彼もそのひとりです。二年前、私が来たときには、すでにそこで暮らしていたんですが、おそらく出てゆくことはないでしょう。正直言って、もう荷馬車の時代ではないんですから、古い習慣にしがみついているああいう連中をみるとひどく腹が立つんです。実を言うと、私は旅人で遠くへ出かけてゆくのが好きなんです。具体的な話をしましょう。ファインベルグというのはどこかとっぱずれたところのある若者で、しっかり鍵をかけてある自分のトランクの回りで世界がまわっていると信じているタイプです。それでいてアルゼンチン人の誰かが困っていても、わずかばかりの金を出し惜しみするんです。若い男女が人生を謳歌し、楽しそうにお祭り騒ぎをしていますが、そういう連中から笑い者にされる生ける屍のような人間、それがあの男です。

あなたはこの穴蔵、つまり監視所に閉じこもっておられますから、これからお話しする活人画はきっとお気に召すと思います。研究熱心な人にとってヌエボ・インパルシアルの雰囲気は実に興味深いものがあると言えるでしょう。あそこには笑うしかないほど種々雑多な人間が暮らしていますからね。私はいつもファインベルグに、手近なところに人間動物園があるのに、どうして高い金を払って喜劇役者のラッティを見にゆかなきゃならないんだ、と言っているんです。正直なところ、卵の上に赤毛をのっけただけの、そばかすだらけの貧相な彼の顔そのものが動物園みたいなものですからね。あなたもご存知のように、ファインベルグがフアナ・ムサンテに相手にされなかったのも無理はありません。ムサンテはクラウディオ・サルレンガの愛人で、女主人のような顔をしてのさばっています。現在、ビセンテ・レノバーレス氏と今挙げたサルレンガの二人があのホテルを取り仕切っているんですが、レノバーレスがサルレンガを共同経営者にしたのはわずか三年前のことです。あの老人はひとりでホテルを切り盛りするのにうんざりして、若い血を入れてヌエボ・インパルシアルに活気を吹き込もうとしたんでしょう。もっともわれわれの間では、事態は以前にも増して悪くなっていて、現在のホテルはかつてあったホテルの色あせた亡霊でしかないというのが公然の秘密になっています。サルレンガがパンパからやってきたせいでホテルに暗い影がさすようになったんですが、あの男は逃亡者にちがいないと私はにらんでいます。いいですか、あの男は、これもいっぱしの男だったバンデラローの郵便局員のもとからムサンテを引っさらってきたんですよ。公金を食いつぶしていた郵便局員はその時ただ口をぽかんと開けて見ていただけなんです。サルレンガは、パンパであいった行動に出た以上ぐずぐずしていると身に危険が及ぶと考えて、大急ぎで列車に飛び乗ってブエノスアイレスのオンセ駅にたどりつきました。お察しの通り、彼は大勢の群衆の中に身をひそめたのです。私も以前、市内を走るバスなど利用しないで完全に姿を隠したことがあります。日中は穴蔵のような狭い部屋に身をひそめ、卸売市場を闊歩している〈肉汁団〉という名のならず者の集団をあざ笑ってやりました。あんな連中に見つけられたりはしませんよ。念のためにバスに乗るときはわざと顔をしかめて別人の振りをしました。

サルレンガというのは獣みたいに実に粗野で乱暴な男で、今さえよければいいという身勝手な男です。ただ、私は丁重に扱ってもらっています。一度だけ酒を飲んでいるときに、向こうが手を上げたことがあります。あの時は自分の誕生日だったものですから、彼の忠告にまったく耳を貸さなかったんです。一度悪評がたつとなかなか打ち消せないものですが、どういうわけか、日が暮れたのをいいことに私が食事の前にそっと外へ出て半ブロックほど先にあるタイヤ・ショップの女の子に言い寄ろうとしている、とフアナ・ムサンテが思い込んでいましてね。先ほど申し上げたように、ムサンテは嫉妬に駆られると取り乱すことがあるんです。実は、私は何かあったときのためにと思って奥の中庭を見張っていたんです。それなのに彼女はサルレンガに、私が妙な下心を抱いて洗濯場にもぐり込んだと出まかせを吹き込んだんですよ。彼は怒り狂って私のところにやってきたんですが、考えてみればそれもまあ無理はなかったんです。近くにいたレノバーレス氏がそばにやって来て、私の腫れ上がった目にスライスした生肉を自分の手であてがってくれたからよかったものの、もしあの人がいなかったらこちらもただでは済まさなかったでしょうね。彼女の話はどれもこれも根も葉もないいいかげんなものです。といってもフアナ・ムサンテがふるいつきたくなるほどいい身体をしていることは確かです。ただ、今はマニキュア師をしている若い女の子やその後ラジオの人気キャスターになった若い女性ともいい仲になった私のような人間が、いくら魅力的な身体をしているからといって心をそそられたりはしません。バンデラローのようなところなら、あの身体で男心をそそったかもしれませんが、若いぴちぴちした女の子が大勢いる都会では相手にする男はまずいませんからね。

ウルティマ・オラ紙で〝ゴーグル《アンテオヒート》〟が書いていているように、タデオ・リマルドがヌエボ・インパルシアル・ホテルにやってきた経緯は謎に包まれています。彼は水鉄砲の水や悪臭を放つ投げ玉が飛び交うカーニバルの時に猿の衣装をつけて現れたのです。ただあの男は、今後二度とカーニバルを見ることはないでしょう。なにしろ、今では木の棺に収められて、キンタ・デル・ナート墓地に埋葬されていますからね。それでも、まわりの人たちに棺に納めてもらって墓地の住人になっているんですから。まさに、「アラゴンの七人の公子はいかになりしか」[1]、というところでしょう。

都会の脈動に合わせて生きている私は、調理場で下働きをしている男のコスチュームをまんまと盗み出しましてね。なにしろ、その男ときたら、ミロンガ[2]を聞きにゆくこともなければ、ダンス・ホールに足を向けることもないという堅物なんです。私は熊のコスチュームをつければ誰にも気づかれないだろうと考えて、奥の中庭に向かってお辞儀をすると、命の洗濯をしようと胸を張ってホテルをあとにしました。あなたもご存知のとおり、あの夜は水銀柱が記録的な高さにまで上昇したものですから。あまりの暑さにただ笑うしかなかったですね。たしかあの日は夕方の時点で熱波にやられて熱射病にかかった人が九人ほど出ています。そんな中で私は毛むくじゃらのかぶりものをしていたものですから、血の汗をかきましたよ。あの時は何度も熊のかぶりもの

1　七頁の注1を参照。この引用箇所は十五世紀スペインの詩人ホルヘ・マンリーケの詩『父ドン・ロドリーゴの死に寄せる挽歌』の一節。
2　一八七〇年代にアルゼンチン、ボリビア、ウルグアイで流行した民族音楽・舞踏。

を脱ぎ捨てようと考えたんです。近くには市の審議会委員が目にしたら恥ずかしさのあまり思わずうなだれるような不潔な路地があちこちにあるので、そこに投げ捨ててやろうかと思いましたよ。しかし、いったんこうと決めたら、私はそれを変えることはありません。あのぬいぐるみを脱がなかったのは、大勢の人が集まるオンセ広場のあたりに詳しい卸売市場の人間の誰かに見つかるのではないかと考えたからです。広場には人でにぎわっている焼き肉店やバーベキューの店が並んでいるんですが、その雰囲気に包まれたとたんに急に息をするのが楽になりました。ところが、その時目の前に道化師の扮装をした老人が現れたので、私は気を失いそうになりました。その老人は過去三十八年間ただの一度も欠かすことなくカーニバルに姿を現しては、そのつど同郷のテンペルレイ出身の警官に水をぶっかけているんです。白髪頭の老人は氷のように冷静でした。老人は私の熊のかぶりものを力まかせに脱がせようとしたのですが、幸い顔の両側についている耳までもぎ取られることはありませんでした。特徴的な縁なし帽をかぶっていた彼、もしくはその父親が、私のつけている熊のかぶりものを無理やり脱がせようとするのはわかっていたんですが、こちらはそのあとの攻撃まで予測していませんでした。というのも、そのあと木製のスプーンでお米とパスタを無理やり私の口に押し込んだのです。おかげでこちらはわれに返りました。ただ困ったことに、調理場で働いているあの下働きの男が口をきこうとしないんですよ。それというのも私がなくした熊のかぶりものが、山車に貼りつけてあった寓話に出てきそうな感じのするロドルフォ・カルボーネ博士の写真にそっくりだったので、勘違いしたからなんです。そうそう、山車と言えば、後部に天使の一群を乗せていた御者台の男が気のいい人物で、カーニバルに参加した人の列がどこまでも続き、私がもう歩けそうもないとわかって家まで連れて行ってやると言ってくれたんです。新しい友人たちが山車の上に引っ張り上げてくれたので、私は大笑いしながらまわりの人たちに別れを告げました。まるでひとかどの人物になったような気分だったのですが、あの時はおかしくて仕方なかったですね。鉄道の線路沿いに作られた壁に添って進んでゆくと、見るからに貧乏そうな田舎者がとぼとぼ歩いてくるのが目に入りました。顔色が悪く半死半生の態に見えるその男は厚紙製のスーツケースと半ば破れた紙袋を手にさげていました。天使に扮装した人物のひとりが頼んでもいないのに、その田舎者に向かって山車に乗らないかと声をかけたんです。そんなことをすればせっかくのお祭り気分に水を差すことになると考えて、私は御者台にいる男に向かってわれわれの乗っている馬車はゴミ収集車じゃないんだぞ、と大声で言ってやりました。近くにいた若い女の子がその冗談に笑ったものですから、すかさずウマウアーカ通りの空き地で会おうとデートの約束をとりつけたんですが、あそこは卸売市場のすぐそばなので結局足を向けませんでした。食事も満足にできないほど貧乏だと思われたくなかったので、自分は飼料倉庫に住んでいるんだと出まかせを言っておきました。ですが気の利かないレノバーレスが、パパ・ブラーバが奥のトイレへ行くときにうっかりベストに入れたままにしていた十五センターボがなくなったんだが、くすねたその金でラポニアスのアイスクリームを買ったのはお前だろう、と歩道から大声で言ったんです。さらに困ったことに、私は目がいいものですから、半ブロックほど先にスーツケースをさげた死人のような男が、疲れているのかおぼつかない足取りでよろめきながらこちらに向かってくるのに気づきました。別れというのはどんな時も辛いものですが、私は挨拶もそこそこに大急ぎで山車から飛び降りると玄関に飛び込んだんです。というのも憔悴し切ったあの男に開戦の口実《カスス・ベルリ》を与えたくなかったからなんです。私はつねづね、空きっ腹を抱えた相手は、理を説いて説得しなければならないと言っています。六十センターボの部屋に戻ると、危うく私を蒸し殺しにするところだった熊のぬいぐるみの代わりに、野菜サラダと乳液みたいな自家製ワインを飲ませてもらいました。中庭であの田舎者に出くわしたのですが、彼はこちらの挨拶に応えようともしませんでした。

それにしても、偶然というのはあるんですね。例の田舎者はまる十一日間、最初の中庭に面した長方形の応接室で過ごしたんです。ご存知の通り、あの部屋に泊まった人間はどういうわけか高慢になるきらいがあるんです。たとえばパパ・ブラーバがそうです。あの男は物乞いをしているんですが、実は大金持ちなんだという人もいるんです。最初のうち訳知り連中の中には、あんなところで暮らしていたらそのうちきっとぼろを出すに決まっているとうわさする者もいました。ところが、そうした憶測はものの見事に外れましてね。というのも、同室の人間はあの新参者に関して誰ひとりおかしなうわさを広めたり、騒ぎ立てたりしないんです。新参者はあの部屋の誰からもうしろ指をさされることがなかったんですよ。所定の時間になると料理を食べ、毛布を盗んで質に入れたり、金勘定をごまかすこともなければ、寝具から一ペソ紙幣がどっさり出てくるかもしれないという妄想に取りつかれた夢想家のように、寝具の中に詰めてある馬の毛を引っ張り出して部屋中にまき散らしたりもしませんでした。私はこのホテルの中ならどのような雑用でもこなしますよ、と率直に申し出ました。ある靄《もや》の立ち込めた日に、彼は理髪店からノブレサ葉巻をひと箱持ち帰ったことがあるんですが、あの時のことは今でもよく覚えています。好きなときに喫うといいと言って一本くれたんです。そのことを思い返すと、今でも帽子を脱いで感謝の意を表したくなります。

土曜日には体調がほぼ戻ったようでしたが、その時にあの男が手元にはもう五十センターボほどしかないんだと漏らしました。それを聞いて、日曜日の朝早くにサルレンガは例のスーツケースを押収した上で、宿代が払えないのなら出ていってもらおうかと言い渡して、男を裸にひんむいて放り出すにちがいないと考えて、内心にんまり笑みを浮かべました。人間と同じでヌエボ・インパルシアルにもいろいろ問題があるんですが、こと規律に関してはほかのどこよりも監獄に似ていると断言できます。夜が明ける前に私は屋根裏部屋で寝起きしている三人組の遊び人たちを起こしました。信じていただけないでしょうが、怠け者の彼らは一日中暇さえあれば〈横顔のいい男〉の真似をしたり、サッカーの話にうつつを抜かしているんです。ですが、結局修羅場を目にすることはできませんでした。あれは何も私の責任ではありません。前日の夜に、「爆弾ニュース。いったい誰がここから叩き出されるのか？　その答えは、明日の朝、判明！」と書いたビラを連中に配ってもらいました。正直言って、とんでもない見当はずれではなかったんです。クラウディオ・サルレンガはまんまとわれわれを欺きました。何を考えているかわからない男で、次の行動が読めないんです。私は料理人と口論しながら、朝の九時過ぎまでどうなるか様子をうかがっていました。料理人は、私が朝のスープの時間を守らないと言ってなじり、さらにファナ・ムサンテをつかまえてあの男は洗濯物を盗もうとしてトタン屋根に登っているんだと告げ口したんです。その点に関しては、こちらがきちんと説明すれば、事実と違うとわかってもらえるはずです。朝の七時頃に、サルレンガが中庭の掃除をしているところに、あの田舎者がちゃんとした服装で現れたんです。人がほうきを持っているのを見て、足を止めて何をしているのか考える人間はいませんよね。で、彼はいきなりサルレンガに話しかけたんですが、二人がどんな会話をしているのか聞き取れませんでした。驚いたことにサルレンガが彼の肩をぽんと叩いたんです。思いがけない幕切れを目にして、待ちかまえていたわれわれは拍子抜けしました。私は目の前の光景が信じられず、きっとこれからひと悶着あるはずだと考えて、焼けつくように熱いトタン屋根の上でさらに二時間ほど様子をうかがったのですが、とうとう熱さに耐えきれなくなって下に降りると、あの田舎者は調理場で忙しそうに立ち働いていて、滋味のあるスープをさっと私のところへ運んできました。私は何事にもこだわらない性格ですし、誰とでも親しく口をきくものですから、あの男ともとりとめのない会話を交わし、その日の出来事を話し合ったあとどこから来たのか尋ねてみました。バンデラローから来たと言っていましたが、私はムサンテの旦那が彼女の行動を見張らせようと送りつけた監視人ではないかとにらんでいます。その疑念をただそうと思い、聞いている人間が思わず耳をそばだてるような話をしてやりました。ニットの肌着と交換できるタイタン・シューズの景品引換券にまつわる話なんですが、ファインベルグはその引換券をすでに使っていたにもかかわらず、しゃあしゃあとそれを種に小間物屋の姪に言い寄ったのです。信じてもらえないでしょうが、その話を聞いてもあの田舎者は眉ひとつ動かしませんでした、ファインベルグが引換券を女の子に渡すとき、実はすでにその網目の肌着を自分が身につけていたという話をしても、べつに驚かなかったんです。女の子はかわいそうに、ファインベルグのもの柔らかなしゃべり方や下品できわどい話にのせられて、彼がなぜ景品の肌着を身に着けているのかというぞっとするような真実を理解できなかったのです。話しているうちに、何らかの理由があってあの田舎者が途方に暮れていることに気がつきました。私はそこにつけ込んでやろうと思い、本人に出しぬけに名前を尋ねてみました。追いつめられたように感じていたせいで嘘をつく余裕がなかったのでしょうね、あなたを信用して言うんですがと前置きして（彼がそう言うのを聞いたときは、心の中でにんまりほくそえみました）、自分はタデオ・リマルドという名前なんですと教えてくれました。おわかりだと思いますが《シ・ヴォセ・マンタンデ》、私はいずれ役に立つ時が来るだろうと考えてその名前を大急ぎで心に書きとめました。相手が探偵なら、こちらはその上を行けばいい、そう考えて私はあの男の行くところどこへでもこっそりあとをつけるようになったのですが、さすがにこれには参ったようで、あの日の午後、とうとうブチ切れて、これ以上犬みたいにつけ回すなら、あんたの奥歯を残らず叩き折るぞと脅しをかけてきました。これはつまりあの田舎者が何か隠しごとをしているというこちらの読みが当たったということです。ただあの時は、私自身苦しい立場に置かれていました。隠された謎が手の届くところにありながら、料理人が独裁者のように眼を光らせているので、自分の狭い部屋から一歩も外に出られなかったんです。

　あの日の午後は、フアナ・ムサンテがゴルチス[1]のほうへ出かけていて、丸一日いなかったものですから、ホテルは何となく生気のない感じがしました。女性がいないとやはり華やぎがなくなりますね。

　月曜日、私は何ごともなかったような顔をしてダイニングルームに足を向けました。料理人はきまりどおりにスープの入った容器を持って歩き回っていたのですが、私のそばを通るときに給仕してくれなかったんです。前日の夜、仕事をさぼったので、あの独裁者は私を兵糧攻めにしようとしているんだと考えて、実はお腹が減っていないんだと嘘をついたんです。すると、へそ曲がりで髭もじゃのあの料理人は、大食らいの人間でも辟易するほど大量のスープを皿に入れたんです。それで私を困らせてやろうとしたんでしょうが、どっこいこちらはおかげでえらく元気になりました。

ほかの者が腹を抱えて笑っているというのに、あの田舎者は相変わらず暗い顔をして座っていたものですから、せっかく明るくなった座が台無しになり、挙げ句の果てにポタージュ・スープを肘で向こうに押しやったんです。あなただから申し上げるんですが、あの時は、田舎者がスープに手を付けなかったので、きっと料理人が怒鳴りつけるだろうとわくわくしながら様子をうかがっていたんです。ところが、あの田舎者が相変わらず石のように無表情な顔をしていたので、料理人はおそれをなしてすごすご引き下がったものですから、私としては笑うしかなかったですね。そこにファナ・ムサンテが目をぎらつかせ、見ているだけで息苦しくなるような尻をふりながら食堂に入ってきたんです。あの女は私を見かけるといつも迫ってくるんですが、そういうときは名もない兵士のように素知らぬ顔をすることにしています。時々こちらにまったく目を向けないこともあります。あの時も素知らぬ顔をして、スープ皿を片づけはじめました。そして、陰で〈人類の敵〉と呼ばれているあの料理人に向かって私のことを、こんなネズミ野郎を相手に喧

1　ブエノスアイレスの南西約一五〇キロメートルのところにある田舎町。

嘩するくらいなら、いっそのことこのホテルで雇えばいいのよ。どうせ働きゃしないんだから、仕事は自分ひとりでするほうがまだましよ、と言ったんです。そのあと出し抜けにリマルドと向き合ったんですが、彼がスープを一口も飲んでいないとわかって、死人のように青ざめました。リマルドははじめて女の顔を見るといったような怪訝《けげん》そうな表情を浮かべて彼女を見つめていました。あのスパイは一度見たら忘れることのできない彼女の顔を網膜に焼き付けようとしていたんです、これは間違いありません。単純な人間性を実によくあらわしているシーンだったのですが、フアナがあのスパイに向かって、もう何日もここのベッドで休んだんだから、そろそろ田舎の空気を吸ったほうがいいんじゃないのと言ったので、そのシーンもぶちこわしになりました。彼女が優しいことを言っているのに、リマルドは返事もせずにパンくずで団子を作っていたんですが、われわれはパンくずで団子を作るのは不潔だからやめるようにと料理人から厳しく言われていたんですよ。

その数時間あとに起こったことをこれからお話ししますが、それを聞いたらきっと法の裁きを受けてここに閉じこめられてよかったと思われますよ。昔からの習慣で、あの日も午後の七時にとっつきの中庭をのぞいていたんです。実は、横長の応接室で寝起きしている大物たちが角の店からモツの煮込み料理を取り寄せているんですが、それを横からいただこうと考えていたんです。頭の回転の速いあなたなら私がそのとき誰を見かけたか想像がつくでしょう？　そうです、パルド・サリバーソです。小ぶりのつばがついた帽子にぴっちりした服を着込み、足元はフライ・モチョで固めていました。卸売市場のあの古なじみに出くわしたときは、必ず丸一週間部屋に閉じこもることにしています。三日目に、ファインベルグが私に、もう大丈夫だ、パルドはホテル代を払わずに姿をくらまし、行きがけの駄賃にと（ファインベルグのポケットにおさまっている電球をのぞいて）三番目の中庭にあった電球をひとつ残らず持ち去ったと教えてくれたんです。それを聞いたときは、あの男が部屋を自分ひとりで使いたいものだから、いいかげんな出任せを言っているんだろうと勘ぐりましたよ。ですから、一週間のあいだあの部屋に主《ぬし》みたいに居座っていたんですが、とうとう最後には例の料理人に追い出されました。今回はあの〈横顔のいい男〉の言ったことは本当だと認めざるを得ませんでした。そんなわけですっかりいい気分になっていたんですが、下らない（あるいは、ありふれたと言いかえてもいいんですが）事件のせいでその気分がぶちこわしになりました。何でもないことなんですが、冷静な観察家なら決して軽視することのない出来事だったんですよ、あれは。つまり、リマルドがあの横長の部屋から六十センターボの部屋に移ったんです。金が払えないのなら、帳簿をつけろと言われたようです。眠りの浅い私の見立てでは、あれはスパイのやり口ですよ。帳簿を口実にあの田舎者が一日中事務所にこもっていたのは、ホテルの内部事情を探ろうとしていたからにちがいありません。ホテルで私は決まった仕事をさせてもらっていません。ただ、利己主義者だと言われたくないので、時々料理人の手伝いをしているんですが、あの時は立場の違いを思い知らせてやろうと、何度もあいつの前を行ったり来たりしました。そのうち、見かねたんでしょうね、レノバーレス氏がまるで父親のような口調で私に部屋を使っていいと言ってくれたんです。

それから二十日ほどして、レノバーレス氏がリマルドを追い出すことにしたが、サルレンガが反対したというかなり信憑性の高いうわさが伝わってきました。その手のうわさは、たとえ印刷されたものであっても鵜呑みにしません。曲解されてはいけないので、赤新聞〈ローハス〉風に私なりに事件をもう一度見直してみることにします。あなたは、レノバーレス氏があの不幸な男を罰しようとしたと本当に思われますか？　その性格から考えて、サルレンガがたとえ一時的にせよ正義の味方になるとは考えられません。ここは騙されてはいけません。真実は別な形で表れていますからね。実を言うとあの田舎者を追い出そうとしたのは、いつも彼をいたぶっているサルレンガで、レノバーレスはその田舎者を守ろうとしていたんです。私のこうした見方を、屋根裏部屋の遊び人たちも支持してくれています。

実を言うと、リマルドはしばらくすると事務室の狭い枠の中に閉じこもっているのに我慢できなくなって、油染みが広がるようにホテル内をうろつくようになりました。昨日、六十センターボの部屋の昔からある雨漏りの穴を修繕していたかと思うと、今日は木の格子にペンキを塗ってまっさらにし、次の日はサルレンガのズボンについた染みをアルコールで拭き取り、その翌日はこれからは毎日とっつきの中庭を掃除し、横長の部屋のゴミを捨ててぴかぴかに磨き上げたいと申し出たんです。

リマルドは自分と関わりのないところに首を突っ込んでは、何かとトラブルを引き起こすようになりました。一例を挙げると。ある日屋根裏部屋の住人たちが面白がって金物屋の女主人が飼っているトラネコに赤いペンキを塗っていました。あの日、私はエスクード博士からスーパーマンのような人物が登場するコミックス『パトルスー』を譲ってもらったので、連中は私が夢中になって読んでいるんだろうと考えて、声をかけてきませんでした。事情通ならあんなことをした犯人が誰だか一目でわかります。動転した金物屋の女主人は、若い遊び人のひとりをコルク栓と漏斗《じょうご》を盗んだ罪で訴えると言いだしましてね。若い連中はそれを聞いて仰天して、猫を返すから、訴えるのはこらえてほしいと頼んだのです。ところが、思いもかけないことにリマルドが横やりを入れましてね。あの男はペンキを塗られた猫を連中の手から奪いとると、骨が折れたり、動物愛護協会が騒ぎ立てるかもしれないというのに、金物屋の店の奥に放り投げたんです。連中があの田舎者をどんな目にあわせたかは、できれば思い出したくないんですけどね。遊び人たちは彼に飛びかかって敷石の上に押し倒し、ひとりが腹の上に馬乗りになり、もうひとりが顔を踏みつけ、後のひとりがペンキを口の中に注ぎ込んだのです。私もできることなら一緒になっていたぶってやりたかったんですが、下手をするとさんざんなぐられて頭がぼうーっとしていても、私だと気づくかもしれないと不安だったんです。それに、あの遊び人たちは結構気むずかしいところがあって、頼まれもしないのに私が一枚噛んだりしたら、文句をつけてくる可能性もありましたしね。そこに突然レノバーレスが現れたものですから、連中はわっとばかりに逃げ出しました。二人はうまく配膳室に逃げ込んだのですが、私の真似をして鶏小屋に隠れようとした男はレノバーレスの厳《いか》つい手で捕まえられてしまいました。レノバーレスが父親のように救いに駆けつけたのを見て、私は思わず拍手しそうになりましたが、そうもできなかったので、心の中で大笑いしました。田舎者が何とも哀れな姿でよろよろと立ち上がると、まわりの人たちがそんな彼を救いに駆けつけました。サルレンガが手ずからエッグノッグ[1]を持ってくると、「何というざまだ、おい、しっかりしろ。男らしくこれを飲むんだ」と励ましながら一気に飲ませました。

　パロディさん、言っておきますが、トラネコ騒動があったからといって、ホテル暮らしが辛く苦しいものだとお考えにならないでください。われわれにだって明るい陽の射す日もあるんですよ。そりゃあ、もめごとがあって不愉快な思いをすることもありますけどね。ですが後になって冷静かつ理性的に振り返ってみると、思わず吹き出してしまうこともあるんです。手近なところでは、青鉛筆による回状事件というのがありましたね。住人の中に嗅覚の非常に鋭い人がいるんです。ごまかしは見逃さないんですが、とにかく話が長くて聞く者をうんざりさせるんです。私はそういうタイプではないんですが、おっと思うような面白いニュースを見つけ出すことにかけてはこの私の右に出るものはいないでしょうね。ある火曜日にハサミで何枚もの紙をハート型に切りましてね。というのも、小間物屋の主人の姪に当たるホセファ・マンベルトが景品引換券で肌着をもらおうとファインベルグと連れだって歩いているという話を、一羽の小鳥から聞いたんです。この話はホテル・インパルシアルを飛び回っているハエにも知らせなければと考えて、早速ハート型に切った紙に次のような文章を（もちろん、匿名で）書いたんです。「爆弾ニュース。J・Mと一日おきにくっついているのは誰？ 答。肌着姿の下宿人＝ホテルの泊まり客」。私はそのふざけたビラを自分の手で配って歩きました。誰もいないときに、ドアの下の隙間からすべり込ませたり、トイレの中にまでこっそりしのばせました。あの日はあまり食欲がなかったんですが、悪ふざけの効果のほどを知りたくてうずうずしていたのと、たとえ残り物であっても料理を食べておいたほうがいいだろうと考えたものですから、いつもより早めに長い食堂テーブルの前に座りました。私は肌着一枚でいつもの席に腰を下ろし、早く料理をもってきてくれといわんばかりにスプーンでテーブルをコツコツ叩いたんです。とたんに料理人が姿を現したものですから、例のハート型の紙を読んでいるふりをしました。あの料理人は実に素早くて私が床に身を投げ出す前に、右手で私を抑え込むと、目の前でハート型に切った紙を残らずくしゃくしゃに丸め

1　卵、牛乳、砂糖、香料などを加えた飲料（日本の卵酒のようなもの）。

いましてね。

たんです。あの男が怒ったのも無理はないんですよ、パロディさん。もとはといえば、私が悪いんです。あのビラを配ったあと、私は肌着姿で食堂に行ったものですから、話が込み入ってしまいましてね。

五月六日、時間ははっきりしないのですが朝早くに、ナポレオンの像が飾りについたサルレンガのインク壺のすぐそばに国産の葉巻が置いてあったんです。サルレンガはどんな泊まり客でもうまく口で丸め込んでしまう男なんですが、その彼が生真面目そうな物乞いに向かってホテルの体面がどうのこうのといった話をしていました。その物乞いというのは落ちぶれた名士の会の指導的な人物で、ウンスエー救護院はできれば一般公開日にはぜひ顔を出してもらいたいと考えることでしょう。髭を生やしたその男に食事付きの部屋を借りてもらおうと、サルレンガは安物の葉巻を渡そうとしました。ズックの服を着たその物乞いはなかなか抜け目のない男で、葉巻を空中でひったくると、すぐに火をつけたのですが、その態度はローマ教皇を思わせました。葉巻を手に入れた男がひと口ふかすと、とたんにボンと音を立てて爆発し、もともと黒かったその顔が煤《すす》で真っ黒になりました。様子をうかがっていたわれわれはなんとも無様なその姿を見て笑い転げました。こちらが大笑いしているあいだに、ズックの服を着たその男は姿をくらましたのですが、その際に行きがけの駄賃とばかりかなりの額の金が入ったレジスターを持ち逃げしたのです。サルレンガは烈火のごとく怒り、一体誰があの葉巻をここに置いたんだ、と喚《わめ》きたてました。君子危うきに近寄らず、これが私のモットーなものですから、大急ぎで自分の部屋に退散したのですが、そのときにあの田舎者と正面衝突しそうになりましてね。あの男が催眠術をかけられたように目を大きく見開いていたところを見ると、パニック状態におちいって逆方向に逃げようとしたんでしょう。というのも、わざわざ狼の口、つまり怒り狂っているサルレンガのいる事務室に入っていったんですよ。何とノックもせずに事務室に飛び込むと、サルレンガに向かってこう言ったんです。『あのビックリ葉巻きを置いたのはこの私です。ふとその気になりましてね』リマルドは見栄っ張りなところがあるので、それがもとで身を滅ぼすことになるだろうと心の中で考えましたよ。あの男はいずれぼろを出すはずだったんです。それにしても、どうしてほかのものに尻拭いさせなかったんでしょうね。あそこで暮らしている若い男は決して裏切ったりしないはずなんですけどね……。ただ、あのときサルレンガは実に奇妙な行動に出たんです。彼は肩をすくめると、そこが自分の住む家でないかのように床にペッと唾を吐き、まるで眠っているように空ろな表情に変わりました。おそらくここで怒りに駆られてリマルドをこっぴどく叱りつけたりすれば、自分は疲れて夜のあいだ眠り込んでしまう、するとその隙に宿泊者のうちの何人かが姿をくらますにちがいないと考えたのでしょう。リマルドは売れ残りのパンみたいな顔をしてぼんやり突っ立っていました。おかげで、われわれはほっと胸をなで下ろしたんですが、サルレンガもあれで精神的な意味で勝利を収めたことになります。事実《イプソ・ファアクト》、あの事件はどうも仕組まれていたような気がするんです。ファインベルグの妹がプエイレドン街とバレンティン・ゴメス街の角にあるいたずら玩具を売っている店の店員としゃべっているのを何度か見かけたんで、あの悪ふざけはおそらく田舎者がやらかしたのではないと私はにらんでいます。

聞きたくないと思われるかもしれませんが、葉巻が爆発した次の日にいかに能天気な人間でも不安になるような事件が起こって、平穏なホテル暮らしがかき乱されたんです。話すのは簡単ですが、実際に体験してみないとあの事件は理解できないでしょうね。なんと、サルレンガとムサンテが喧嘩をはじめたんですよ。ヌエボ・インパルシアル・ホテルでああいった諍《いさか》いが起こるというのは考えられないことです。以前チビのトルコ人が夜のスープが供される前に、バラバラになったハサミの片割れを持って豚のようにキーキーわめきながら虎のベンゴレアに悪態をついたことがあるんです。それ以来もめ事や諍いを起こさないようにとホテルの経営者から釘を刺されていたんです。ですから、料理人が騒ぎ立てている連中を叱りつけるときは、誰もが彼の味方をするようになりました。お手本というのは上から降りてくるものですから、指導的な立場にある人間が手本を示せないようなら、ホテルの住人であるわれわれ一般人はどうしていいかわからなくなりますからね。私にも苦しい時期があり、精神的な指針が見いだせずに落ち込んだことがあります。自分に関してもいろいろ言われていると思いますが、ここぞというときに敗北主義におちいったことは一度もありません。まわりの人たちを周章狼狽させてはいけないので、私は口にしっかりチャックをしました。ただ、五分毎に何か口実をつくっては事務室の前を行ったりきたりしていましたが……。おおっぴらにののしり合っていたわけではないのですが、サルレンガとムサンテのいる部屋の中は険悪な空気に包まれていました。私は「大ニュース、大ニュース！」とくり返しながら有頂天になって六十センターボの屋根裏部屋に戻りました。例の反啓蒙主義者たちはカード遊びに夢中になっていて、私の言葉に耳を貸そうとしません。ですが、しつこい犬は最後にパンのかけらを口にすると言うように、それまでパパ・ブラーバの櫛《くし》の爪で自分の爪を掃除していたリマルドがようやく気付いたんです。彼は私に最後まで言わせず、休憩時間になったとでもいうようにさっと立ち上がると事務室に向かいました。私は十字を切ると、影のように後を追ったんです。彼は突然向き直ると、有無を言わさぬ口調で私にこう言いました。『ひとつ頼みがある、泊まり客全員を集めてもらいたいんだ』私はすぐさまあのゴミみたいな連中を呼びに行きました。〈横顔のいい男〉をのぞいて全員が駆けつけてきました。〈横顔のいい男〉はとっつきの中庭にいたんですが、その後トイレのチェーンがなくなっていることが判明したんです。事務室のまわりにはさまざまな社会階層の人間が集まっていました。ふだん誰ともつきあわない男が冗談好きな男のそばにいましたし、九十五センターボの部屋の住人が六十センターボの部屋の住人と肩を寄せ合い、ポン引きがパパ・ブラーバの横にいて、乞食がゆすりたかりを生業《なりわい》にしている男と並んで立ち、書類カバンも持っていないケチなスリが名だたる押し込み強盗のそばにいたんです。あのホテルに昔のにぎわいが一気に戻ってきたようでした。あれは一幅の絵、というかむしろ帯状装飾といった方がいいでしょうね。民衆が羊飼いの後につき従っている、そんな風に感じました。その混乱の中でわれわれはリマルドが指導者だと考えていました。彼は先頭に立って進み、事務室に着くとノックもせずにドアをさっと開きました。それを見て私は自分にこう言いました。『サバスターノ、部屋に引き返すんだ』理性の声はしかし砂漠に呑み込まれました。というのも、すっかり興奮した住人が壁のように立ちはだかっていて、逃れようがなかったんです。

緊張のあまり目がかすんだようになっていましたが、それでもタンゴ歌手のロルッソにも歌えないような情景を目にすることができたんです。ナポレオン像の陰になってサルレンガの姿はよく見えなかったのですが、魅力的な肉体のファナ・ムサンテの方は十二分に拝むことができました。彼女は真っ赤なバスローブにポンポンのついたスリッパを履いていたんですが、その姿を見て私は思わず九十五センターボの部屋の住人にもたれかかりました。リマルドは嚙みつかんばかりの勢いで部屋の中央に進み出ました。それをみて誰もが、ホテルの支配人がいよいよここで入れ替わるぞと感じました。リマルドがサルレンガの頰に食らわせる平手打ちの音が部屋中に響き渡るかと思うと、背筋がぞくりとしました。

ところが、彼は手をあげる代わりに、不可解な出来事を解明するのにまったく役に立たない無力な言葉を口にしたのです。ですが、あれはまさに金の言葉で、今も私の脳裏に刻みつけられています。こういった状況では、横槍を入れる人間はたいていもったいぶった態度をとるだけで、肝腎なことは言葉にしないものです。ところが、リマルドは形式にこだわる《ヴーレ・ヴゥ》ことなくわれわれの流儀《ウソ・ノストロ》に従って夫婦喧嘩をやめるように言いました。彼は、夫婦というのは縁あって結ばれたのだから、滅多なことで別れるものではない、二人が愛し合っていることがわかるように、みんなのいるこの場でキスをするように説いたのです。

それを聞いてサルレンガは何とも言えない表情を浮かべました。筋の通った忠告を受けて彼は剝製になったように硬直し、どう答えを返せばいいかわからなくなったのです。しかし、一筋縄ではいかないムサンテはあの田舎者の言ったことを鵜呑みにしたりはしませんでした。彼女はまるで自分の料理にけちをつけられでもしたようにぱっと立ち上がりました。堂々たる女の怒り狂った姿を見て、私は震え上がったんですが、医者がそんな私を見たら、おそらくビーリャ・マリーアの救急病院へ送り込んだでしょうね。ムサンテというのは歯に衣を着せずにものを言うタイプなんですが、あのときも田舎者に向かって、あんたにも奥さんがいるんでしょう、だったら自分のカミさんの心配でもしたらどうなの、いいこと、二度と私たちのことに口出ししないでちょうだい。次にまたこんな出過ぎた真似をしたら、豚肉のように切り刻んでやるからね、とやり返したんです。サルレンガはそれ以上もめさせまいとして、レノバーレス氏〈あの人は〈真珠〉というカフェテリアへビールを飲みに行っていて、その場に居合わせませんでした）がタデオ・リマルドは追い出したほうがいいかもしれんなとこぼしていたが、たしかにその通りだったなと言ったんです。もう夜の八時をまわっていたんですが、サルレンガは気にかけることなくさっさと出てゆけと言い渡しました。かわいそうにリマルドは、大急ぎでスーツケースと紙袋に身の回りの品を詰め込んだのですが、その間ずっと手がふるえていました。シモン・ファインベルグが見かねて手助けをしていました。あわてていたんでしょうね、田舎者は骨の握りのついた小刀とフランネルのベストをなくしたんです。それまで雨露をしのがせてもらったホテルを最後に眺めたんですが、その目には涙が浮かんでいました。首を振って別れの挨拶をすると、夜の闇の中、どこへともなく姿を消しました。

翌朝早く鶏が時を告げる頃でしたか、なんとリマルドがミルク入りのマテ茶を持って私を起こしにきたんです。どうして舞い戻ってきたんだとは尋ねずに、私はそのマテ茶を一気に飲み干しました。追い出された男の運んできたマテ茶で口の中をやけどしたんですが、その痛みはまだ消えずに残っています。あの男はホテルのオーナーの言うことを聞かなかったんですから、アナーキストと言われても仕方がないでしょうが、ただホテル暮らしをしているうちに、そこでの生活が第二の天性になっていたのに、オーナーたちに迷惑をかけたせいで追い出される羽目になったのは、本人としてもつらかったにちがいありません。

急いでマテ茶を飲んでいるときに、自分が悪いことをしているような気持ちに襲われたものですから、病気のふりをしてしばらく部屋に閉じこもることにしました。数日後に思い切って外に出たんですが、そのときに遊び人のひとりから次のような話を聞きました。サルレンガがリマルドを無理やり部屋から押し出そうとしたが、リマルドが床に身を投げ出し、なぐるけるの暴行を受けながらもじっと耐え抜いたので、結局追い出すのをあきらめたとのことです。結局、ファインベルグは大事なことを何ひとつ教えてくれませんでした。あの男は根っからのエゴイストなものですから、うわさ話の重要な箇所を隠す癖があるんです。ですが、私は九十五センターボの部屋の住人とも親しくしていて、先月彼らからいろいろな情報を聞き出していたので、あのときは別に気にすることなく何も尋ねませんでした。自分の経験から、リマルドが階段下の物置をあてがわれたことはわかっていました。ほうきやそのほかの掃除道具をしまってあるあの部屋に折り畳みベッドと灯油の小さなカンを持ち込めばいいんですからね。あの部屋はサルレンガの部屋と薄っぺらい板で仕切られているだけですから、隣で何をしているか手にとるようにわかるという利点があるんです。ただ、おかげで私が割を食う羽目になりました。というのも、目録を作り、番号をうったあと、ほうきが全部私の部屋に運び込まれたんです。そういう知恵をつけたのは、ファインベルグにちがいありません。

人間の気質というのは、気まぐれで予測のつかないものですね。ことほうきに関してファインベルグはお決まりの熱狂的な整理魔ぶりを発揮したんですが、平穏なホテル暮らしに関しては遊び人たちをそそのかしてトラブルを起こさせ、一方でリマルドに和解するように仕向けたんです。トラネコに赤ペンキを塗った事件の記憶が薄れはじめたと考えたファインベルグは、騒ぎを起こした連中をからかったりバカにしたりして以前の出来事を思い出させたんです。ただ、いくらあおりたてても、互いにブーツを投げあったり、靴を履いたままで蹴飛ばし合いをするくらいのものだとわかると、今度は薬用ブドウ酒の方に彼らの注意を向けさせました。実を言うと、彼はそのブドウ酒を簡単に手に入れることができるのです。というのも、何日か前にペルティィネー博士から、アパーチェ・ブドウ酒のボトルとハーフ・ボトルを販売するための説明書（そこには、ペルティィネー博士推薦の、健康ブドウ酒と書かれてありました）を受け取っていたんです。度を過ごして飲むとヌエボ・インパルシアルの経営者ににらまれるが、人が心を開いてうち解けるにはアルコールに勝るものはない、というのが私の持論です。ファインベルグは、君らは三人で、こちらは一人だ、しかしその一人が銃を持っているんだからいがみ合うのはやめよう、団結は力だと言うじゃないか、よかったら祝杯をあげないか、あの百薬の長をびっくりするほど安い値段で回してやるからさ、と言ったんです。誰でもうまい話には飛びつきますからね、やつはまんまとブドウ酒を売りつけました。ボトルを一ダース買った彼らはグラスに八杯ばかり飲むとすっかり酔いがまわりましてね。遊び人たちは根っからのエゴイストだったものですから、私がグラスを持ってうろついているというのに、知らんふりをしていました。田舎者が見かねて、自分も犬のようにうろついていたことがあるが、あれでは彼がかわいそうだと冗談めかして言ってくれたんです。それを聞いてみんなが笑っている隙に、いっぱいクイッとひっかけたんですが、あれではうがいと変わりありません。ブドウ酒というのは味がわかるまでに時間がかかるんです。もっと飲めば、本当にいいものだとわかるでしょうし、飲み手の舌がシロップの瓶を前にしたように喜びにふるえるんですけどね。ファインベルグというのは、質屋だけでなく火器にも関心を抱いています。リマルドがベルトにさしているリボルバーに目を留めて、どうせ安物を買ったんだろうが、自分なら捨て値で手に入れてやるよと出まかせを言いました。会話は大いに弾んだんですが、その時に〈横顔のいい男〉がいいかげんなホラ話をしたものですから、話がいっそう盛り上がりましてね。あの時は、本当にいろいろな話が出ました。パパ・ブラーバが新しい銃器を買うと、警察の記録文書に名前が登録されることになると言うと、遊び人のひとりが、自分はアルゼンチン式の射撃よりもスイス式の方がいいと思うと話しはじめました。私は、銃に弾を込めるのは悪魔のすることだと言って、話には加わらなかったんです。かなり酔っていたリマルドは自分がリボルバーを持っているのは、ある男を殺そうと思っているからなんだと漏らしたんです。ファインベルグは、あるロシア人が自分からリボルバーを買おうとしなかったので、前の日に作ったチョコレート製の銃で脅してやったという話をしました。

次の日、何ごとにも無関心な男だと思われたくなかったので、ホテルのスタッフがいるとっきの涼しい中庭に入っていったのですが、彼らはそこに集まってマテ茶を飲みながらさまざまな計画を練っていました。言ってみれば正規の作戦本部で、そこへ行って実際に起こったことを伝えれば、それと引き換えに大事なことを教えてもらえるんです。ただ、ほかの連中に盗み聞きされるとただではすみませんけどね。あの遊び人たちが〈三人衆〉と呼んでいるメンバーがそこに集まっていました。〈三人衆〉というのは、サルレンガとムサンテ、それにレノバーレスのことなんですが、彼らがべつにいやがっていないとわかって、ほっとしました。さりげなく近づいていって、追い払われたりしないように実はとっておきのニュースがあるんですと伝えました。そして、あの連中が和解したことやリマルドのリボルバー、ファインベルグの薬用ブドウ酒のことを包み隠さず話したんです。三人がそれを聞いて苦虫を嚙み潰したような顔をしたところを、ぜひ見ていただきたかったですね。うわさ好きな人間に私があの三人にたれ込んだと言われたくなかったので（私はそういうことをするような人間じゃありません）、大急ぎで自分の部屋に引き上げました。

私はあの三人衆の動きに注意しながら用心しつつ退却しました。しばらくすると、サルレンガがしっかりした足取りで、田舎者が夜更かしをして遅くまで起きていたほうきと掃除道具がしまってある物置に向かいました。私は猿のように身軽に階段のところにゆくと、耳を押しつけて下で交わされている会話を一語も聞き逃すまいと耳を澄ましました。サルレンガは田舎者にリボルバーを渡すように言ったのですが、彼はきっぱりと断りました。サルレンガが脅迫めいた言葉を口にしたのですが、あなたに不愉快な思いをさせたくないのでそこは端折っておきます、パロディさん。リマルドは傲慢と言っていいほど落ち着き払った態度で、自分は防弾チョッキを着ているのと同じで不死身だからいくら脅されても怖くはないとやり返したんです。さらに、あんたみたいな連中が大挙して押しかけてきたところで、ちっとも怖くないとまで言いました。ここだけの話《インテル・ノス》ですが、あの状況では防弾チョッキなど何の役にも役に立たなかったんです。というのも、それから数日して、彼は私の部屋で死体になって転がっていたんですからね」

「二人の口論はどんな風にして収まりがついたんです？」

「ごくふつうの終わり方をしました。サルレンガはこんな頭のおかしい男を相手にしても時間の無駄だと考えたんです。やってきたときと同じように、人目につかないようあの部屋から出て行きました。

そして、あの決定的な日曜日が訪れたんです。話すのも嫌なんですが、あの日のホテルは生気がまったく感じられず、死んだようでした。ひどく退屈していた私は、暗黒の無知からファインベルグを救い出してやろうと考えたんです。街角にあるバルへ行った時に、不愉快な思いをしなくてもすむように、カード遊びのトゥルーコを教えてやりました。こう見えても私は教えるのがうまいんですよ、パロディさん、その証拠にカードをして、私は教え子であるファインベルグを相手に実際《イプソ・ファクト》に三ペソ負けたんですからね。ファインベルグはそのうちの一ペソ四十センターボを小銭で受け取ると、借りがあるからと言って、私をエクセルシオール座の昼興行につれていってくれたんです。ロシータ・ローゼンベルグはお笑いの女王と言われていますが、たしかにそれだけのことはあるようです。ただ、ほかの客が腹を抱えて笑っているというのに、私は一語も理解できなかったんです。ロシア系ユダヤ人が使う言葉でしゃべっていたんですが、あれではこの国のユダヤ人でも理解できなかったでしょうね。私は、早くホテルに帰ってファインベルグから面白い話を聞かせてもらいたい、と思っていらいらしていました。ところがホテルに戻ってみると、笑い話どころではなかったんです。私のベッドが惨憺たる状態になっていたんですよ。毛布とベッド・カバーには大きなしみがつき、枕も口では言えないような有様で、血がマットレスにまでしみこんでいました。ベッドにはタデオ・リマルドがサラミ・ソーセージよりも無惨な姿で横たわっていました。それを見て、私は今夜どこで寝ればいいんだろうと頭を抱えました。

　当然のことですが、真っ先に考えたのはホテルのことです。また、私に敵意を抱いている人間がいて、リマルドを殺した上で寝具まで汚したのはこの私だと言い立てるんじゃないかと不安になりました。さらに、この死体を見たらサルレンガはきっといい顔をしないだろうなとも考えました。事実その通りになって、彼は刑事たちから夜の十一時過ぎまで尋問を受ける羽目になったんですが、十一時というのはヌエボ・インパルシアル・ホテルの消灯時間なんです。私はそんなことをあれこれ考えながら、同時に酔っぱらいのように金切り声をあげて叫んでいました。ナポレオンのように私は同時にいくつものことができるんです。私の叫び声を聞いて、大げさでなくホテル中の人間が集まってきました。その中に調理場の下働きもいたんですが、その男が雑巾で私の口をふさいだものですから、あと少しで死体がもうひとつ増えるところでした。ファインベルグ、ムサンテ、遊び人たち、料理人、パパ・ブラーバ、そして最後にレノバーレス氏がやってきました。翌日は全員が丸一日警察で過ごす羽目になったんです。私はその手のことに慣れていますから、訊かれたことにすべて答え、あのときの状況を生き生きと話して、彼らをびっくりさせてやりました。むろん、こちらから探りを入れることも忘れませんでした。リマルドが自分の小刀でめった突きにされたのが、午後の五時頃だということを聞き出したんです。

あの不可解な事件は謎めいていると言う人は、考えちがいをしています。犯行が夜に行われたのなら、たしかにやっかいな事件と言えるでしょう。というのも、私の見るところ、夜になると下宿人ではない見ず知らずの連中が押し掛けてきて、代金を払うとさっさと出て行くので、どこの誰だかわかりませんからね。

あの血なまぐさい事件が起こったときは、ファインベルグと私をのぞいてほとんど全員がホテルにいました。その後、サルレンガもやはり居合わせなかったことが判明しました。彼はサアベドラで行われる闘鶏にアルガニャラス神父の縞模様のオンドリが出ることになったので、そちらに出かけていたのです」

Ⅱ

八日後、トゥリオ・サバスターノが興奮し、うれしそうな顔で独房に駆け込んできてこう言った。

「言いつけられた通りにしましたよ、パロディさん。こちらがサルレンガの大将です」

そのあとを追うように黒っぽいスーツに身を包み、髪が白くなりはじめた青い目の紳士が入ってきたが、ビクーニャ[1]のショールを首に巻いた身だしなみのいいその人物はいくぶん喘息気味のようだった。二人はごく自然に二つの椅子にそれぞれ腰を下ろしたが、サバスターノは卑屈な態度で狭い独房の中を走り回っていた。

「四十二号室に宿泊しているこの若い方から私にお話があると聞いたものですから、やってきました」とごま塩頭の紳士が言った。「ですが、リマルドの件でしたら私はいっさい関わりありません。あの事件には本当にうんざりさせられましたよ。ホテルでも、寄るとさわるとその話ですからね。何かご存知のことがありましたら、私にではなく、若いパゴーラとお話しください。

彼が捜査を担当しております。きっと感謝してくれますよ、何しろ警官たちは迷路に迷い込んだように右往左往しているだけですからね」

「何か勘ちがいしておられるようですね、サルレンガさん。私はあのマフィアたちとはなんの関係もありません。ただ、いくつか気づいた点があるものですから、よろしければお話ししておこうと思ったのです。たぶん、後悔なさらないと思います。

さて、まずリマルドのことから話しましょう。ここにいる若い人がいみじくも、リマルドはフアナ・ムサンテ夫人の夫が送り込んできたスパイだと言ったのです。たしかに傾聴に価する意見なのですが、なぜわざわざスパイを送り込む必要があるのだろうかという疑問がわいてきましてね。＊リマルドはバンデラロー郵便局の局員だったのですよ。つまり、ムサンテ夫人の夫なのです。これは否定なさいませんね？

では、これから私の考えた事件の全容をお話しします。あなたはリマルドから奥さんを奪い取り、悲嘆にくれている彼を残して逃走しました。妻に捨てられた彼は三年間辛抱したのですが、ついに我慢できなくなって首都に出る決意を固めました。どのようにしてここまでやってきたの

＊〔原注〕本質は必要もないのに増加させてはいけない《エンティア・ノン・スント・ムルティプリカンダ・プラエテル・ネッケシタテ》（ウィリアム・オッカム博士の言葉）。

1　アンデスの高地に棲むラクダ科の動物。その毛で高級な織物が作られる。

かはわかりませんが、とにかくカーニバルの時に、見るも哀れな姿でたどり着いたのです。自分の健康はもちろん、どれほど費用がかかるかを顧みずに彼はつらい旅を続けました。さらに、一目顔を見たいと思って有り金全部をはたいてやってきたというのに、十日間は部屋から外に出られなかったのです。その十日間は九十センターボの部屋に泊まったのですが、そのせいで残った金をすべて使い果たしてしまいました。

以前、あなたは虚勢を張りつつも、一方であの男が何となく哀れに思えて、リマルドはいっぱしの男だと言い触らしました。その後、彼が自分のホテルにやってきたのを見てかわいそうになり、なかなか男らしい奴だと褒めたのです。度を過ごして褒めすぎたために、彼はとうとう男の中の男に仕立て上げられてしまいました。リマルドがほとんど金をもたずにあなたの経営するホテルに突然現れたとき、救いの手をさしのべてやったのですが、そのことで彼はふたたび屈辱感を味わったのです。あなたが彼を辱めようとすると、相手はいっそう卑屈になるという対位法がはじまったのはその頃からです。あなたは彼を六十センターボの屋根裏部屋に追いやり、帳簿つけの仕事までさせました。ところが、リマルドはそれだけでは十分ではないと考えて、二、三日すると雨漏りの箇所を修繕し、あなたのズボンの汚れを拭き取ることまでしたのです。ムサンテ夫人が首都にやってきた彼を最初に見たときに、思わずカッとなって、出ていけと言ったのも無理はありません。

レノバーレスもあの男を追い出すようにと言いましたが、それはあの男の異様な行動やあなたのひどい仕打ちを見て不安になったからです。それでもリマルドはホテルに居座り、さらなる屈辱を受けようとしていました。ある日、仕事もせずに遊び暮らしている連中が猫にペンキを塗っているのを見てよけいなお節介を焼きましたが、あれは善意から出たものではなく、自分を痛めつけてもらおうと考えたからなのです。その通りさんざんな目に遭わされ、あなたからはエッグノッグを飲まされた上に、屈辱的な言葉まで浴びせられました。次に起こったのが、葉巻事件です。ロシア系ユダヤ人のファインベルグがやった悪ふざけのおかげで、泊まり客になるはずだった実直な物乞いを追い払う結果になりました。その後、リマルドが自分がやったと名乗り出たのですが、あなたは自ら進んで辱めを受けようとするあの男の行動を見て、何かよからぬ下心を抱いているにちがいないと勘ぐって、あのときは懲罰を与えませんでした。それまでは殴る蹴るといった暴力やののしりの言葉で済んでいたのですが、リマルドは一歩踏み込んで夫婦間のことにまで立ち入ろうとしました。あなたは奥さんと夫婦喧嘩をされましたね、あのとき彼はホテル中の人間を呼び集めると、あなた方に仲直りをし、みんなの前でキスをするように言いました。それが何を意味しているか考えてみてください。かつての夫が野次馬を集め、自分の妻と愛人に向かってもう一度愛し合うようにと言ったんですよ。あなたは彼を放り出しました。ところが次の日の朝になると、彼はまた舞い戻ってきて、ホテルで一番貧しい男のところへマテ茶を持っていったんです。その後、じっと耐えること、つまり足蹴にされることですが、そういう形で抵抗を続けたのです。あなたはあの男をいづらくしてやろうと考えて、自分の部屋の隣にあるネズミの巣穴に押し込んだのですが、あそこならあなた方二人が仲睦まじくしておられる様子が手に取るようにわかりますからね。

さらにロシア系ユダヤ人が彼と遊び人たちとの間に立って仲介の労を執ったわけです。彼がその提案を受け入れたのは、そうすれば誰からもばかにされるだろうと考えたからにほかなりません。そして、自分自身をもおとしめました。あのとき、彼は自分を犬と呼びましたが、あれはつまり自分をここにいる紳士と同列に置いたということなのです。あの午後、酒が入っていたせいで口が軽くなり、ある男を殺そうと思ってリボルバーを持っていると漏らしました。それを聞いて、うわさ好きな男が早速ホテルの経営者のところに注進に及びました。あなたはもう一度あの男を追い出そうとしたのですが、リマルドは一歩もあとに引かず、自分は不死身だと言ったのです。あなたはその言葉が何を意味しているのかよく理解できなかったのですが、不安に駆られたことは間違いありません。さて、ここから話が込み入ってきます」

若いサバスターノは床にしゃがみ込んで、じっと耳を澄ましていた。パロディは何気なくそちらの方に目をやると、ここから先は聞かない方がいいと思うので、悪いけれども席を外してくれないかと頼んだ。サバスターノは放心したようになっていて、ドアがどこにあるかもわからないようだった。パロディは急ぐ風もなく話を続けた。

「数日前、今席を外した若い方が、ロシア系ユダヤ人のファインベルグと小間物屋の主人の姪ホセファ・マンベルトとの間に何かいわくがあるらしいと勘づきました。そこでハート型に切った紙にそのことを書いたのですが、その時に名前でなくイニシャルを入れたのです。奥さんはその紙を見て、J・Mというのはファナ・ムサンテのことだと思いこんだのです。彼女はホテルの料理人にあの哀れな男を痛めつけるように言いつけたのですが、それでもまだ根に持っていました。そして、リマルドがあんな風に屈辱に耐えながら我慢しているのは、きっとよからぬ考えを抱いているからだろうと勘ぐりました。彼が〈ある男を殺すために〉リボルバーを持ってやってきたという話を聞いて、ねらわれているのは自分ではなく、あなたに違いないと考えたのです。リマルドが臆病者だということはわかっていました。ですから、彼は恥辱を受けられるだけ受け、相手を殺さざるを得ない抜き差しならない状況に自分を追い込もうとしているのだと考えたのです。奥さんの目に狂いはありませんでした。あの男は殺す決意を固めていたのです。しかし、相手はあなたでなく、別の人物だったのです。

一緒にこられた方が言っておられたように、日曜日のホテルはまるで死んだような雰囲気に包まれていました。あなたはアルガニャラス神父のニワトリを闘鶏に出すためにサアベドラの方へ行っておられました。リマルドはリボルバーを手にあなた方の部屋に入って行きました。その姿を見て、ムサンテ夫人はあなたを殺しにきたのだと思いこんだのです。奥さんはあの男を心底軽蔑していたので、ホテルから追い出したときにべつに悪いとも思わず彼の持ち物だった骨の握りのついたナイフを取り上げていました。そのナイフを使って、奥さんは彼を殺害したんです。リマルドはリボルバーを持っていたのに抵抗しませんでした。ファナ・ムサンテはハート型のビラをばらまいた仕返しに、サバスターノのベッドに遺体を安置しました。覚えておられると思いますが、あの日サバスターノとファインベルグは芝居を見に行ってホテルにいなかったのです。
リマルドはついに目的を達成しました。彼が一人の男を殺すためにリボルバーを持っていたことはたしかです。ですがその男とは彼自身だったのです。彼は遠くからやってきました。何カ月もかけてわざと不名誉と恥辱を受けるように行動したのは、自殺するための勇気を手に入れたかったからにほかなりません。彼は死ぬことを望んでいたのです。また、死ぬ前に一目妻の顔を見たいと思っていたんでしょうね、以上が私の見立てです」

——プハート、一九四二年九月二日

タイ・アンの長期にわたる探索

〔主要登場人物〕

シュー・トゥン博士——中国大使館の文化参事官。
タイ・アン——盗まれた宝石を取り戻すべく、アルゼンチンにやってきた魔術師。
ファン・シェ——雲南出身の中国人。
マダム・シン——ダンス・ホール〈当惑した竜〉の女経営者。
サムエル・ネミロフスキー——オンセ街に店を構えている家具職人。
ヘルバシオ・モンテネグロ——私立探偵。

アーネスト・ブラマの思い出に[1]

I

「なんと四つ目の日本人じゃないか、こういう人物の来訪を待っていたんだ」そんな思いがパロディの脳裏をかすめたが、口には出さなかった。

シュー・トゥン博士は麦藁帽子と雨傘を握りしめたまま、大国の大使館の礼儀作法《モドウス・ウイウエンディ》に従って二七三号独房の囚人の手に口づけをした。

「外国の人間がこの名誉あるスツールを汚すことになってもよろしいでしょうか？」と完璧なスペイン語で尋ねたが、その声は小鳥を思わせた。「四本の足は木製ですので、不平不満を並べ

1　イギリスの作家（一八六八―一九四二）。盲目の探偵アーネスト・ブラマが活躍する探偵小説のほか、中国人カイ・ルンが語る不思議な話を集めたファンタジー・シリーズがある。

たりすることはないでしょう。僭越ながら、私はシュー・トゥンという者でして、おおかたの嘲笑を浴びながら不健康で悪評さくさくたる洞窟を思わせる中国大使館で文化参事官をしております。先だっては頭脳明晰なモンテネグロ先生に、私のまとまりのないお話を聞いていただきました。犯罪研究の不死鳥ともいえるあの方は、亀のように過つことのない歩みで進まれ、しかも驚くべきことに不毛の砂漠の中に埋もれた天文観測所のように堂々としておられるばかりか、実にゆったり構えておられます。一粒の米を受け止めるためには、それぞれの手に指が九本ついていても邪魔にはならないと申します。床屋と帽子屋の密約によって私には頭がひとつしかついていませんが、できれば聡明この上ないあと二つの頭脳を自分の頭の上にいただきたいと願っております。ひとつは思慮深いことで知られるモンテネグロ先生の頭脳で、もうひとつはネズミイルカほどの大きさがあるあなたの頭脳です。黄帝は数多くの宮殿と図書館を所有しておられました。しかし、大海原を失った鯛は老齢を楽しんだり、子孫の敬慕を得ることが難しいことは認めざるを得ませんでした。私は老いたる鯛どころか、まだ年端もゆかぬ若輩者です。美味なカキのように深淵がぱっくり口を開けて私を呑み込もうとしているのですが、いったいどうすればよろしいでしょうか？　加えて私はみじめであわれな人間でしかありません。並はずれた女性マダム・シンは、社会の支柱である法律に日夜監視されているために、絶望感と不安に苛《さいな》まれ、毎夜睡眠薬のヴェロナールを服用しておられます。警官たちは、彼女の庇護者が穏やかならざる状況下で殺害されたことに気づいていないようです。よるべない孤児となった彼女はけなげにも、レアンドロ・アレン街とトゥクマン街の角にある華やかなダンス・ホール〈当惑した竜〉を切り盛りしております。マダム・シンは献身的で、しかも二つの顔を持っておりまして、右の目で男友達がいなくなったことに涙しながら、左の目で船乗りたちの男心をそそっているのです。

お耳汚しでまことに申し訳ないのですが、イモムシがヒトコブラクダのような節度を保つ、あるいは所定の十二色に彩られた厚紙製の籠の中のコオロギのようにさまざまな音色で弁舌さわやかに話すように言われましても、私はあの事件に関する情報をうまくお伝えすることができません。私はあの驚嘆すべき孟子のような人間ではないものですから。あの方は天文学校において、二十九年間新しい月の出現を倦むことなく予言されていましたし、さらに子孫にあたる人たちがその遺志を受け継ぎました。しかし、私にはそのように長い時間が残されてはおりませんし、孟子のような人間でもありません。加えて、私はあなたのように地中のいたるところにトンネルを掘る勤勉なアリよりも数多くの称讃を聞くことのできる耳を持っているわけでもありません。私は雄弁家ではないので、その演説はこびとの演説のように短いものでしかないのです。また五弦の楽器が身に備わっていないものですから、言説は不正確で単調なものにならざるをえません。

優れた記憶力に恵まれているあなたの前で〈恐ろしい目覚めの悪霊〉の信仰に関して詳細な説明や秘儀について説明したりすれば、おそらく私はさまざまな顔を持つあの宮殿内に設置されている精巧な造りの拷問具にかけられることでしょう。あなたがいま口にしそうになった、道教の魔術的な宗派のことを申し上げているのです。その宗派は、物乞いと役者の組合から信者を集めており、そういう宗派があることを知っているのはあなたのような支那学者か、ティーポットに囲まれているヨーロッパ人くらいのものです。

十九年前に起こった世界の足を萎《な》えさせるような忌まわしい事件の余波が、この町にまで及び、人々を驚愕させました。私の舌、というかレンガといった方がいいでしょうが、それが女神の守護石の盗難を思い出したのです。雲南省の中心に秘密の湖があり、その中に島があり、島の中心には聖なる場所があります。その至聖所には女神の像が燦然と輝き、その光輪に守護石が飾られています。長方形のこの部屋で守護の宝石について語るのは賢明ではないでしょう。それが翡翠《ひすい》で、影をつくることはなく、大きさはクルミほどで、宝石に備わるもっとも重要な力は知恵と魔法であるということを思い出すにとどめておきます。かつて伝道師のせいで考え違いをした人たちが、死すべき存在である人間があの守護石を手に入れて二十年間寺院の外で所有しつづければ、世界の隠れた王になるだろうと吹き込まれました。けれども、この話は眉唾ものです。時間が最初の夜明けを迎えてから最後に没するまでのあいだ、宝石はつねに至聖所に存在しつづけるのです。ほんの一瞬と言ってもいい十八年間ひとりの泥棒がそれを隠し持っていたとしてもそのことに変わりはありません。

祭司長が魔術師タイ・アンに、宝石を取り戻すよう依頼しました。話によると、彼は星々の配置を見て適当な日を選び出すと、しかるべき手順で儀式を執り行ったあと地面に耳を押しつけました。世界中のすべての人間の足音がはっきりと聞き取れ、彼はその中から宝石を盗み出した人間の足音を即座に聞き分けました。そのかすかな足音は遠く離れた町を歩いていました。木の枕も陶製の塔もない泥と楽園樹の茂る町で、牧草と黒ずんだ水に囲まれた荒れ果てた土地でした。町ははるか遠く離れた西の方にあって、そこへたどり着くには何度も日没を迎えなければなりません。タイ・アンは危険を顧みず煙を吐きながら進む蒸気船に乗り込みました。麻酔をかけられた豚の群と一緒にセマラング[1]で船から下りたのですが、それまでの二十三日間はデンマークの船の船倉に身を潜め、丸い形をしたオランダチーズだけを食べて飢えをしのぎました。ケープタウンに着くと、ゴミ収集人の名誉ある組合に入り、悪臭週間のストにも参加しました。その一年後、モンテビデオの街路や路地では、無知な群衆が外国人らしい服装をした若い男からコーンスターチで作ったウエハースを奪い合うようにして買っていたのですが、そのウエハース売りがほかでもないタイ・アンだったのです。無関心な肉食主義者たちを相手に苦しい戦いをしたあと、あそこならウエハースを健康食品と認めてくれるだろうと考えて魔術師はブエノスアイレスにやって

1　インドネシア、ジャワ島北部の港湾都市。

きました。そしてしばらくすると、目が回るほど忙しい炭屋をはじめたのですが、真っ黒になって働いたものの食べるものも満足にない長いテーブルから逃れることはできませんでした。空腹の祝宴にうんざりしたタイ・アンはこうつぶやきました。『淫蕩な妾にはタコの抱擁が、飢えた口には食用の犬が、人間には天上の王国が必要なのだ』そこで彼は急いで温厚な家具職人サムエル・ネミロフスキーの組合に入って働くようになったのです。オンセ街の中心に店を構えるネミロフスキーが作る衣裳ダンスや屏風は、その技量を高く買っている顧客たちから〈北京直送〉だと信じられていました。地味な家具店は大いに繁盛し、タイ・アンは炭小屋から抜け出してデアン・フーネス街三四七番地にある家具付きのアパートに移りました。屏風や衣裳ダンスを熱心に売ってはいましたが、宝石を取り戻すという目的を忘れたわけではありません。神殿のある島の魔法の円と三角形が教えてくれたように、祖国からはるか遠く離れたブエノスアイレスの町に宝石泥棒がいることはわかっていました。アルファベットを身につけようとする人間は語学力がつくように毎日新聞に目を通すものですが、彼は言葉を覚えようとしていたわけではありませんでした。あまり幸せとは言えなかったタイ・アンは、海と川を通る船に関するコラムに必ず目を通していました。宝石泥棒が姿をくらましたり、船に乗ってやってきた仲間に守護の宝石が持ち去られるかもしれないと心配でならなかったのです。石を投げてできる同心円をたどるようにしてタイ・アンは粘り強く盗人に接近してゆき、その間に何度か名前と住居を変えました。魔術というのはほかの精密科学と同じように、闇夜をあちこちでつまずきながらおぼつかない足取りで歩くわれわれを導いてくれるホタルのようなものです。彼の狂いない計算によって宝石泥棒が身を潜めている地域が限定されていったのですが、その人物が住んでいる家や顔まではわかりません。ですが、魔術師は倦むことなく目的に向かって歩を進めていったのです」

「サロン・ドレの常連客も粘り強く頑張っていますよ」とモンテネグロがさりげなく割って入った。彼は口に鯨骨のステッキをくわえ、しゃがみ込んで鍵穴から中の様子をうかがっていたのだが、辛抱しきれなくなって真っ白な服に柔らかなカンカン帽《カノチエ》をかぶった姿で独房に飛び込んできた。「何よりもまず基準を《ド・ラ・メジュール・アヴァン・トゥト・ショーズ》……。正直申し上げますと、私はまだ殺人犯の居場所を突き止めてはおりません。ですが、ここにおられる不得要領な相談者の住まいは知っております。親愛なパロディさん、どうかこの方を励まし、元気づけてあげてください。そして、ここにいる私、つまり私立探偵ヘルバシオ・モンテネグロこそ、急行列車の中で危うく奪われそうになった皇女の宝石を最初に取り返し、その後皇女に結婚を申し込んだ人間だとはっきりお伝えください。ですが、ともかく今は私たちを呑み込んでしまう未来に目を向けることにしましょう。ところでみなさん《メッシュー》、ひとつ賭をしませんか《フェート・ヴォ・ジュー》、私たちの友人である外交官がこの独房に顔を見せないのは、敬意を表したいという賞讃すべき気持ちがあってのことだと思うんですが、その点について賭をしてみるというのはいかがでしょう？　なんなら二倍賭でもいいですよ。つとに有名な私の直感は、トゥン博士がわざわざここまでこられたのは、デアン・フーネス街で起こった奇妙な殺人事件と決して無関係ではない、と小さな声でささやきかけております。ハッ、ハッ、ハ。いかがです、図星でしょう。私は過去の栄誉ある地位に満足し、その上にあぐらをかくような人間ではないのです。第一弾目が図星だったので、第二弾といきましょう。博士は東洋の神秘によって、つまり興味深い単音節、それに本人ならではの色彩と外見という烙印を押すことで、物語に色づけをされたにちがいありません。私は説教と寓話がふんだんにちりばめられた聖書の言語を批判するつもりなど毛頭ありませんが、あえて言わせていただけば、あなたはきっと私の顧客の重苦しい隠喩よりも神経と筋肉、それに骨格だけの私の要約《コント・ランチェ》の方を選ばれるはずです」

ようやく口を差し挟むことができると考えたシュー・トゥン博士は、穏やかな口調でこう言った。

「弁の立つあなたの友人は、上下とも金歯を入れた演説家のようにまことに能弁です。しかしあまり面白くないでしょうが、自分の話をつづけさせていただきます。すべてを見そなわしているのに、自身の輝きを目にすることのない太陽のように、タイ・アンは忠実かつ執拗に仮借ない探索をつづけました。中国人社会のすべての人間の出入りを調べ上げたのですが、自身の存在を人に知られることはほとんどありませんでした。しかし、悲しいことに人間には弱点が備わっております。甲羅の下で瞑想にふけっている亀にも弱点があるように、あの控え目な魔術師にもひとつ欠点がありました。一九二七年の冬のある夜、オンセ広場のアーチの下に浮浪者や乞食が群がって、空腹と寒さに打ちのめされて石畳の上に横たわっている不幸な男を笑いものにしているのを見かけ、しかもその相手というのが中国人とわかって、タイ・アンはいっそう哀れに思いました。名士が茶葉を一枚与えたからといって、名前に傷がつくことはないと考えてタイ・アンはファン・シェという名の見知らぬ男をネミロフスキーの仕事場に泊めてやりました。

ファン・シェに関しては語るに値するような面白い話はまったくと言っていいほどありません。もっともよくできた初等読本である新聞の情報に間違いがなければ、彼は雲南省出身で、魔術師がやってくる一年前の一九二三年にこの町の港にたどり着きました。デアン・フーネス街にある彼の住まいを何度か訪れたことがあるのですが、その時は身についた礼儀正しい態度で私を迎えてくれました。彼とはよく一緒に中庭にある柳の木の下で習字の練習をしたものですが、彼はそこにいると、水量豊かな霊江の土手を美しく彩る鬱蒼と茂る木々を思い出して心が和むと言っていました」

「私なら、習字だの土手を彩る木々の話などしませんね」と私立探偵が横槍を入れた。「まず、あの家に住んでいる人物のことを話していただけませんか」

「いい役者は芝居小屋ができあがるまで舞台に立たないものです」シュー・トゥンがやり返した。「うまく説明できないと思いますが、ひとまずあの家の描写からはじめて、そのあと住人についておおざっぱで粗雑な説明をさせていただきます」

「話のきっかけになるよう、ひと言いわせていただきます」とモンテネグロがせき込むように口をはさんだ。「デアン・フーネス街の建物というのは、今世紀はじめに建てられた興味深いあばら屋《マジュール》です。数多くあるアルゼンチン独特の建造物で、そこにはル・コルビュジエのラテン的で厳格な規律の影響をほとんど受けていないイタリア人棟梁の、無邪気な装飾がふんだんに用いられています。私はあの建物を正確に思い浮かべることができます。すでにあの建物を目にしておられるかもしれませんが、一応説明させていただきますと、以前は空色をしていた建物の正面は現在清潔な白に変わっています。中に入ると静かな中庭があり、黒人の女奴隷が銀製のマテ茶わかし器を持ってそこを歩き回っているのを子供の頃によく見かけたものです。あまり好ましくない進歩の波がそうしたところにも押し寄せて、異国趣味の竜やいかにも年代物がかって見えるラッカーを塗った道具類がおいてありますが、それらはネミロフスキーが刷毛を使って大量に作り出したまがいものです。その奥に木造の小屋が見え、それがファン・シェの住まいです。そばにもの悲しげな緑の柳の木が植わっていて、その葉が祖国を失った男の心を慰めています。一・五メートルほどの高さに張られた太い有刺鉄線が、われわれの地所と隣の空き地を分かっています。ああいう空き地のことをこちらでは荒地《バルディーオ》という独特の呼び方をしますが、ああいうところが今でも手つかずのまま町の中心部に残っているんですよ。屋根の上で暮らしている人嫌いの独り《セリバテール》ものの猫が体を悪くすると、そういうところに生えている薬草を食べにくるんです。一階は商店とアトリエになっていて、二階（言うまでもなく《スラ・ヴァア・サン・ディール》あの火事が起こるよりも前のことですが）は家族用の住居にあてられていました。* そこに、東洋人としての特性と欠点を失うことなくこの首都に移り住んだタイ・アンの住まいがありました」

「生徒は先生の靴を履きます」とシュー・トゥン博士は言った。「小夜啼《さよな》き鳥が美しい声で鳴いたあとですと、アヒルの聞きづらい鳴き声もさほど耳障りでなく、聞き流してもらえるでしょう。モンテネグロ先生が家の様子を話してくださったので、次は私の無知蒙昧で役立たずの舌がそこの住人たちについて語ることになります。まず、マダム・シンに玉座にのぼっていただくことにしましょう」

「すると、私の出番になりますね」とモンテネグロがすかさず口を挟んだ。「敬愛するパロディさん、思いちがいをして、のちのち後悔なさるようなことがあってはいけませんよ。マダム・シンというのは、リヴィエラの豪華ホテルでよく見かける、こちらがついうっとり見とれてしまうような美形のゴージャスな婦人《プール・ド・リュックス》とは違います。あの手の軽佻浮薄で見栄っ張りなご婦人方は顔の

＊〔原注〕こんな言い方はしない。機関銃と二頭筋の時代に生きるわれわれは、このような軟弱なレトリックを嫌悪する。私なら、砲撃のように容赦なくこう書くだろう。「一階に商店とアトリエを設置し、二階に中国人を閉じこめる」（カルロス・アングラーダの手書きのメモ）

ひしゃげたペキニーズを抱き、四十馬力《カラント・シュヴォー》の傷ひとつない車を乗り回していますが、マダム・シンはそういったたぐいの女性とはまったく違います。社交界の堂々たる貴婦人と東洋の雌虎を足して二で割ったような実に魅惑的な方です。つり上がった目でウィンクされると震えがきます。ああいう女性を永遠のヴィーナスというんでしょうね。口は赤い一輪の花、手はまさに絹と象牙、背筋をピンと伸ばし《カン・ブリユール》、胸を張って歩く姿を見ると、黄色人種の脅威の最前線《アヴァン・ギャルド》に立つ女性だと感じさせられます。パカン[1]のカンバスにスキアパレッリ[2]の素描こそ、あの女性にふさわしいものです。親愛なる同業者のパロディ氏にはここで深くお詫びしておかなければなりません。というのも、詩人は歴史家に一歩先んじておりますので。マダム・シンの肖像を描くにあたって、私はパステル画の技法を用いましたが、タイ・アンの場合は男性的なエッチングの技法を用いることにします。たとえ根深い偏見にとらわれているとしても、そのことで私の目が曇ることはありません。最新のニュースを伝える新聞のように、写真資料だけを提示することにします。それはそうと、民族の名を口にすると、急に個人はどこかに消えてしまうものですね。『中国人』とつぶやいたとたんにたちまち黄色い幻影が立ち現れ、ついそちらに目を奪われて、あのエキゾティックな人物が見舞われた人間的で、陳腐な、というかグロテスクでありながら同時にどうしようもなく人間的な悲劇のことを忘れてしまいます。ファン・シェの肖像についても同じように語ってみますと、あの人物の外見は今でもはっきり記憶に残っていますし、彼の耳底には私が与えた父親のような忠告が残っているでしょう。それに私の子羊の革の手袋を彼は握りしめたのですが、そのことも記憶しているにちがいありません。こうした人たちと対照的なのがこれから紹介する人物です。私の画廊の四番目の肖像画として顔をのぞかせるのは、東洋風の人物です。その人物というのは外国人、つまりこの話の薄暗い背景にじっと身を潜めているユダヤ人です。ユダヤ人というのは、賢明な法律によって消滅させない限り、今も、これからも歴史の十字路《カルフール》でつねに待ち伏せしています。その石の客人《まろうど》とはサムエル・ネミロフスキーです。この低俗きわまりない家具職人については詳しい説明を省略させていただいて、見るからに冷徹明敏そうな額に、悲しげな威厳をたたえた目、予言者を思わせる黒いひげ、私と同じくらいの背丈、とだけ申し上げておきます」

「つねに象を商っておりますと、いくら目のいい方でもちっぽけなハエは目に入らなくなります」シュー・トゥン博士が突然自分の意見を述べた。「価値のない私の肖像画が、モンテネグロ氏の画廊に害を及ぼすようなことはありませんので、その点ははっきり申し上げておきます。し

1　一九二〇年代から三〇年代にかけてパリで活躍したファッションデザイナーのジャンヌ・パカン（一八六九―一九三六）。

2　一九三〇年代から四〇年代のパリで活躍した有名なファッションデザイナーのエルザ・スキアパレッリ（一八九〇―一九七三）。

かし、カニのつぶやきにもなにがしかの意味があるのなら、私もまたデアン・フーネス街のあの建物を汚して台無しにしているひとりなのです。といっても、リバダビア街とフフイ街の角にある人目につかない私の住まいは、神々はもちろん人間にも気づかれていないようですが。休むことを知らないネミロフスキーが次々に作り出すサイドテーブルや屛風、ベッド、サイドボードを、暇を見ては、私が一軒一軒家を回って売り歩いておりましたが、これは芯の疲れる仕事です。あの家具職人が売り先が決まるまでのあいだ自分の家具を使うことを認めて下さったので、今のところ宋朝時代のまがい物の壺の中で寝ております。というのも、寝室はダブルベッドに占拠され、食堂では伸縮自在の玉座がのさばっているものですから。

私は思いきってデアン・フーネス街の名誉あるサークルに加わらせていただくことにしました。というのも、ほかの人たちは当然のことながら悪態をつくでしょうが、そんなことを気にせず遠慮なくうちにいらっしゃい、とマダム・シンがやさしく言ってくださったからなのです。夫人は信じられないほど寛大な態度を示してくださいましたが、彼女の師であり、魔術の先生でもあるタイ・アンからは無条件の同意を取りつけることはできず、結局あのはかない楽園は亀やヒキガエルほど長く生きながらえることができませんでした。マダム・シンは魔術師を喜ばせたい一心で懸命になってネミロフスキーにつくしました。マダム・シンは、ネミロフスキーが自分は幸せ者だと思って作業用のテーブルのまわりを歩き回りながら数多くの家具を作ってくれればいいと考えていたのです。夫人は倦怠感と吐き気に悩まされながら、あきらめきったような顔でひげに覆われた西洋人の顔を間近で眺めました。その苦しみを少しでも和らげようと、薄暗いところや映画館のロリア座で彼の顔を見るようにしたのです。

こうした日々の気高い努力が功を奏して家具工場は大いに繁盛しました。驚くほど吝嗇なネミロフスキーが、あろうことか紙幣で子豚のようにふくれ上がった財布から惜しげもなく金を出して、指輪や狐の毛皮を買い求めるようになったのはそのおかげです。口さがない連中から陳腐な贈り物を山のようにする男だと言われるかもしれないというのに、彼はマダム・シンの指やうなじを飾る贈答品を買いつづけました。

パロディさん、話を先へ進める前に、ばかばかしいと思われるかもしれませんが、ひとつ説明しておかなければならないことがあります。というのも、もっぱら夕方に行われるそうした仕事のせいで、タイ・アンと愛弟子との間に亀裂が生じたと考えるのは、頭の悪い人間だけだということです。たしかに彼女は公理のようにいつも魔術師の家にいたわけではありません。その点は著名な反論者たちの言うとおりでしょう。何ブロックか離れているせいで、自分が顔を出して魔術師の世話をすることができないので、自分よりもはるかに劣る別の顔に代わりをつとめるように言いつけました。その卑しい顔の持ち主とは、ここでこうして挨拶し、笑顔を作っている私のことなのです。* 私はその困難な仕事を当然のことながら従順にこなしました。魔法使いをうるさがらせてはいけないと思い、できるだけ目につかないようにつとめましたし、退屈しないよう何度も変装しました。たいていはうまく行かなかったんですが、コート掛けにぶら下がってウールのオーバーの陰に隠れたり、時には大急ぎで家具に変装し、四つん這いになって、背中に花瓶を載せてじっとしていたこともあります。しかし、残念ながら老いた猿は腐った木の棒にのぼることはできません。タイ・アンはさすがに家具職人で、足で蹴飛ばす前に私だと見抜き、別の置物に変装するように命じました。

隣人の一人が白檀の杖を手に入れたとか、別の隣人が大理石の目を入手したという話を聞くと、誰しも羨ましくなるものですが、それ以上にねたみ深いのが天です。一粒の粟を見つけた喜びが永遠につづかないのと同じように、幸せな日々も終わりを迎えることになりました。十月の七番目の日に火事に見舞われ、ファン・シェは危うく命を落とすところでした。われわれの慎ましやかなサークルはもはや甦ることはなく、建物が半焼して山のようにあった木製の灯籠《とうろう》が消失しました。幸い火事はすでに消えていますから、水はどこかと探したり、あなたのその堂々たる体軀から水分を絞り出す必要はないんです、パロディさん。ただ悲しいことに火事のせいで、あたたかいぬくもりをもたらしてくれるサークルもなくなってしまいました。マダム・シンとタイ・アンはマントにくるまり、車でセリート街へ引っ越して行きましたし、ネミロフスキーは保険会社からもらった金で花火会社を立ち上げ、ファン・シェは無数に建ち並んでいるどれも同じティーポットを思わせる柳の木のそばにある木造の小屋でひっそり暮らすことになりました。

火事が消えたとわかってからは、私は真理に関する三十九の補遺的な項目を守り抜きました。あの家での思い出を消し去ったと自慢できるのは、雨水をためる高価な瓶《かめ》くらいのものでしょう。火事の前日まで、夜が明けるとすぐにネミロフスキーと魔術師は朝早くから不定数の、つまり無数の竹製の繊細な灯籠を作っていました。家が手狭なところへ、次々に家具が運び込まれてくるという事態を冷静に考えた末、私は二人の職人が夜に昼を継いで働いてもむだで、結局灯籠には火が入らないだろうと考えるようになりました。しかし残念ながら、夜が明ける前に自分の思い違いに気づかされました。午後十一時十五分にすべての灯籠が灰燼に帰し、それとともにカンナ屑の置き場や表面を緑色に塗った格子にまで火が移ったのです。勇敢な男というのは虎の尾を踏む男ではなく、宇宙のはじまりから密林に身を潜め、死の跳躍をするためにあらかじめ定められた瞬間を待ち受ける人間のことをいいます。私はそのように行動しました。つまり、庭の奥の柳の木によじ登り、マダム・シンのか細い悲鳴が聞こえたら火竜《サラマンダー》のように火中に飛び込もうと身構えていたのです。〈屋根の上の魚の方が、海の底にいるつがいの鷲よりもものがよく見える〉とはよく言ったものです。むろん自分が屋根の上の魚だと自慢するつもりはありませんが、たし

＊〔原注〕博士はそう言いながら実際にほほえみを浮かべて挨拶をした。〔作者注〕

かに痛ましい光景を数多く目にすることができました。そうした光景を目にして、木から落ちそうになったのですが、あとで科学的な正確さであなたにお話しできるというのを心の支えに耐え抜いたのです。自らの飢えと渇きを癒そうとするかのように赤々と燃えさかる炎を目にしました し、悲しみのあまり顔をゆがめているネミロフスキーの姿も見えました。彼はカンナ屑と新聞紙を投げ与えて炎の飢えを癒していたのですが、動転していたせいでそのようなことをしたのでしょう。礼儀正しいマダム・シンは、うれしそうに爆竹のあとを追いかける子供のように魔術師のあとを追って駆け回っていました。最後に魔術師ですが、彼はネミロフスキーの手助けをしたあと、奥の小屋に駆けつけてファン・シェを救い出しました。しかし、ファン・シェは枯草熱のせいであまり幸せそうではありませんでした。あの救出劇を際だたせている二十八の状況があるのですが、それをつぶさに見れば、どれほど驚くべきものであったかはわかるはずですが、何しろあっという間の出来事だったので、ここではそのうちの四つだけを紹介しておきます。

(a) ファン・シェはたしかには熱が出て脈が早くなっていたのですが、ベッドに寝た切りで逃げ出せないほどではありませんでした。

(b) おぼつかない口調でこの話を語っている見栄えのしない人物は、柳の木にとりつき、いよいよ火勢が強くなり座視していられなくなれば、即座にファン・シェをつれて逃げ出すつもりでいました。

(c) タイ・アンはファン・シェに食べ物と住む場所を与えていましたが、万が一ファン・シェが焼け死んだとしても、おそらく心を痛めることはなかったでしょう。

(d) 人間の肉体に関しては、歯がものを見たり、目が何かをひっかいたり、足の爪が噛みついたりすることはありません。それと同じで、われわれが慣習に従って国家と呼んでいる実体においても、ある人が他人のすべき仕事を奪うことは決して褒められたことではないのです。皇帝が権力を乱用して道路掃除をしたり、囚人が浮浪者の向こうを張ってあちこち歩き回ったりはしません。タイ・アンがファン・シェを救い出したというのは、消防士の仕事を奪い取ったことになりますから、彼らが怒りにまかせてホースで大量の水をかけてくる危険がありました。

訴訟に負ければ、自ら死刑執行人にその費用を支払わなければならないとはよく言ったものです。というのも、火事のあと諍いがはじまり、魔術師と家具職人が反目するようになったのです。ス・ウー将軍は永遠に忘れられることのない短い不滅の言葉で熊狩りを見る喜びを褒めたたえましたが、周知の通り弓矢の名手たちの放った矢を真っ先に背中に受け、怒り狂った熊におそわれてむさぼり食われてしまいました。マダム・シンも同じだとは言えないでしょうが、あの将軍と同じように傷つき、宙づり状態にあったのです。夫人は焼けこげたタイ・アンの寝室と、今では仕切り壁がなくなってしまったネミロフスキーの事務所との間を、荒廃した寺院を守ろうとする女神のように往還して二人を何とか和解させようとしたのですが、うまくいきませんでした。『易経』の教えでは、いくら爆竹を鳴らしてみたり、数え切れないほどの仮面をつけたところで、怒り狂った男を喜ばせることはできないとのことです。マダム・シンは情理を尽くして二人を説得して仲直りさせようとしました（はっきり申し上げて、あれでは逆に火に油を注いでいるようなものでした）。こうした状況から、ブエノスアイレスの地図の上に興味深い三角形ができあがったのです。タイ・アンとマダム・シンはセリート街のアパートに居を構え、一方ネミロフスキーはカタマルカ街九五番地に新しく立ち上げた花火会社によって輝かしい第一歩を踏み出そうとしていたのですが、ファン・シェだけは相変わらずもとの小屋で暮らしていました。

家具職人と魔術師の二人があの三角形をしっかり守っていたとしたら、私にしても今こうしてあなた方とお話しするという身に余る光栄に浴することはなかったでしょう。不幸なことに、ネミロフスキーは民族[1]の日の祝日に、昔の仲間のもとを訪れようと考えたのです。警官たちがやってきたときは、救急車を呼ばざるをえない状況になっていました。喧嘩をした二人はひどく取り乱していて、ネミロフスキーは（鼻血がだらだら流れているのもかまわず）、『老子』の教訓的な一節をぶつぶつ唱え、魔術師は（犬歯がなくなっているのも気づかずに）ユダヤ・ジョークを延々と並べ立てていました。

マダム・シンは二人が仲違いしたことに大変心を痛め、この家にはもう二度と出入りしないようにと私にはっきり言われました。犬小屋を追われた乞食は自分の記憶の宮殿に住まう、という古い諺がありますが、私も自分のさびしさを紛らせるために、デアン・フーネス街の焼け跡まで足を延ばしてみました。柳の木の向こうに午後の陽が傾いているのを見て、一生懸命勉強していた子供の頃を思い出しました。私を迎えてくれたファン・シェは悟りきったような表情を浮かべていて、お茶に松の実とクルミ、それに酢を添えてもてなしてくれました。夫人の影がいたるところに色濃く残っていました。そのうち私は、すでに腐敗のはじまっている敬うべき曾祖父の遺体のような感じのする、とてつもなく大きな衣裳用のトランクがあるのに気がつきました。図らずも私にトランクを見つけられたと知って、ファン・シェは覚悟を決めて楽園のようなこの国で過ごした十四年間はこの上なく苛酷な拷問のほぼ一分間にあたるけれども、実はわが国の領事から厚紙製の四角い切符を受け取り、それで来週上海に向けて出航するイエロー・フィッシュ号で帰国するつもりだとうち明けてくれました。色鮮やかな竜のように彼ははしゃいでいましたが、タイ・アンがそうと知ったら機嫌を損ねるにちがいないという点が気がかりだったようです。目利きの鑑定人はセイウチの皮で縁取りをした目が飛び出るほど高価なカワウソ皮の外套を査定す

1　「アメリカ大陸発見の日」、十月十二日のこと。

るにあたって、そこについた衣魚《しみ》の数を調べます。それと同じで、ある人物が確固とした地位にあるかどうかは、その人物に寄生している物乞いの数で決まります。したがって、ファン・シェが国外に出るとなると、タイ・アンの揺らぐことのない信頼感が徐々に蝕まれていくことになります。そのような事態を避けるためなら、あの人物は相手を鍵のついた部屋に閉じこめたり、見張りを立てたり、縄で縛ったり、麻薬を用いたりしかねません。ファン・シェはどこかおっとりした口調でそうした話をしたあと、私の母方の家系にかけて、自分が国外に出るといったくだらない話で彼に不愉快な思いをさせないでほしいと懇願しました。『礼記』にあるように、私はあまり当てにならない父方の祖先にかけて約束は守ると彼に伝えました。そうして、私たちは柳の木の下で涙ながらに抱き合ったのです。

数分後、一台のタクシーがセリート街で私をおろしました。マダム・シンとタイ・アンの手先でしかない下男から悪態をつかれないよう、急いで薬局に飛び込みました。その店で目の手当をしてもらい、店の電話を借りてかけたところ、マダム・シンは出ませんでした。そこで、直接タイ・アンにあなたが庇護しておられる人物が海外に逃走しようとしていると伝えたのです。それに対して雄弁な沈黙が返ってきました。私が薬局を追い出されるまでその沈黙はつづきました。

郵便物を配る足の速い配達人は、郵便物を燃やしてその火のそばで寝る配達人よりも賞讃、讃辞を受けるに足る、とはよく言ったものです。タイ・アンは間髪を入れずに行動を起こしました。

自分の庇護者が逃亡するのを阻止するために、天からもう一本の脚と櫂《かい》を授けられでもしたようにあっという間にデアン・フーネス街に駆けつけたのです。向こうでは、二つの驚きが彼を待ち受けていました。ひとつはファン・シェがすでに姿を消していたことです。もう一つは、ネミロフスキーと顔を合わせたことでした。ネミロフスキーは、ファン・シェが馬車にトランクを積んで、急ぐでもなく北の方へ逃げてゆくのを商人たちが見かけたと伝えました。二人でファン・シェを探しまわったのですが、見つからなかったので、それぞれ別々に行動しました。タイ・アンはマイプー街にある家具の競売場へ行き、ネミロフスキーはウェスタン・バーにいる私に会いに来ました」

「はい、そこまで《アルト・ラ》」モンテネグロが突然口を挟んだ。「酔っぱらいの芸術家の出番がきたようです。パロディさん、次のような状況を思い浮かべてください。二人の決闘者が、共有していると思っていたものを失ったと感じ、感情の同じところが傷つき、そのせいでともに重々しい態度で武器を収めるのです。奇妙な点がひとつあります。二人は考え方は同じなのですが、性格がまったくちがっています。暗い予感がタイ・アンの頭をかすめますが、ネミロフスキーは天上からの大いなる声にまったく無頓着なのです。彼は探りを入れ、調べ、尋ねまわります。正直なところ、私は第三の人物に惹かれます。われわれの歴史の枠組みから遠ざかって行くあの政治的に無関心《ジュマンフティ》な男《スト》です。屋根のない馬車に乗って姿を消したあの人物もやはり暗示的な謎に包まれています」

「みなさん」と穏やかな口調でシュー・トゥン博士が先の話を続けた。「お聞き苦しい私の話もようやく十月十四日の、記憶すべき夜にたどり着きました。いま記憶すべきと言ったのは、実を言うとネミロフスキーの食卓を飾るただ一つの料理といえば、二人前のどろどろしたスープだけだったのですが、不作法で旧式な私の胃がどうしても受け付けなかったのです。私の子供っぽい計画は以下のようなものでした。(a) ネミロフスキーの家で夕食をいただく。(b) ネミロフスキーによればマダム・シンのお気に召さなかったというミュージカル映画を三本、オンセ座で見る。(c) カフェテリアの〈真珠〉でアニス酒をゆっくり味わう。(d) 家に帰る。あのスープのことが頭から離れないばかりでなく、苦痛に思えたせいでしょう、結局(b)と(c)をやめて、あなた方の名高いアルファベット本来の順番を変えて、(a)から(d)に飛ぶことにしました。副次的な結果として、私は不眠症に悩まされていたにもかかわらず、一晩中家から出ませんでした」

「いや、おっしゃる通りです」とモンテネグロが口をはさんだ。「われわれが幼い頃口にした土着の料理は、新大陸《クリオーリョ》の財産ともいうべき何ものにも代えがたいこの上なくすばらしい《トゥルヴァーユ》料理ではありますが、私はやはり博士と同意見です。しかし、高級料理《オート・キュイジーヌ》ということになれば、フランスの右に出るものはいないでしょう」

「十五日、私は二人の刑事に叩き起こされて」とシュー・トゥンが続けた。「堅固な造りの警察本部に同行するように言われました。そこで、あなた方がすでにご存知のことを聞かされたのです。心やさしいネミロフスキーは、ファン・シェが突然姿を消したことに不安をおぼえ、夜が明ける前にデアン・フーネス街にあるあの家に忍び込んだのです。『礼記』はまことにうがったことを言っております。〈もしあなたの敬うべき妾が、むせ返るように暑い夏に卑しい身分の人間と一緒に暮らしていたら、あなたの子供の一人は私生児である。あなたがもし、決められた時間外に勝手に友人のお屋敷に出入りすれば、守衛の顔に謎めいた笑みが浮かぶだろう〉。ネミロフスキーはこの古い諺が言わんとすることを、身をもって体験しました。つまり、彼はファン・シェを見つけられなかっただけでなく、柳の木の下に半ば埋められたようになっている魔術師の死体を発見したのです」

「敬愛するパロディさん」とモンテネグロがだしぬけに口を挟んだ。「東洋の偉大な画家のアキレス腱、泣き所は全体的な展望です。私なら、タバコをふた口ばかり吹かす間に、あなたの心のアルバムにあの場の様子を素早く要約《ラクルシ》した写真を貼り付けて見せますよ。タイ・アンの肩口に死神が口づけし、厳かな赤い印《ルージュ》をつけました。幅十センチほどの刃物の傷がついていたのです。凶器はどこにも見あたりません。凶器の不在を補おうというので、そこから（ちょうど）二、三メートル離れたところに残されていたありふれた園芸道具の、埋葬用の鋤《すき》に目を付けたのですが、これはむだな試みでした。（天才的な飛躍こそできませんが、ねばり強く細かなことを調べ上げる能力に恵まれた）警官たちが、鋤の頑丈な柄のところにネミロフスキーの指紋を見つけたのです。賢者、直感の鋭い人なら、このような科学的なでっち上げをあざ笑うことでしょう。そうした人の精神は、細部を積み上げて繊細で永続性のある建造物を造ることに自らの役割を見いだしています。しかし、今日はここでやめておきます。私が洞察したことを明らかにし、詳しく説明するのは明日まで延ばすことにします」

「あなたに明日が訪れることを期待しながら」とシュー・トゥンが話しはじめた。「私の慎ましやかな話の続きをさせていただきます。タイ・アンは傷ひとつなくデアン・フーネス街のあの家に入っていったのですが、図書館の棚に一列に並ぶ古典の書籍のように眠っているだらしない近所の人たちはその姿を見ておりません。けれども、夜の十一時過ぎにあの家に入っていったと考えられます。というのも、十一時十五分前に彼は疲れを知らないマイプー街の競売場に顔を出しているからです」

「私も同意見です」とモンテネグロが同意を示した。「ここだけの話《インテル・ノス》ですが、一日で異国人とわかる人物がちらっと姿を現したというあまり好ましくないうわさがこの町に広がっています。それはそうと、これでチェス・ボードの駒がそろいましたね。クィーン（つまり、マダム・シンのことですが）は午後の十一時頃に、さまざまな色の人間でひしめきあっている〈当惑した竜〉に、そのつり上がった目とほっそりした横顔をのぞかせました。十一時から十二時の間に、一人の客を家に迎え入れているんですが、どういう人物かはまだ特定できていません。それにはそれ《ル・クール》なりの理由があるはずで《・ア・デ・レゾン》……、ファン・シェに関しては、警察が午後の十一時前に、ヌエボ・インパルシアル・ホテルのあの有名な〈横長の部屋〉、〈金持ちの部屋〉に投宿したと断言しています。町はずれにある怪しげな隠れ家ともいえるあのホテルに関しては、あなたも、愛すべき同業者である私も何ら情報をつかんではおりません。彼は十月十五日に、東洋の神秘と魅惑の国に向けて出帆したイエロー・フィッシュ号に乗り込みました。しかし、モンテビデオで逮捕され、今は警察の監視下に置かれてモレーノ街でひっそり暮らしています。疑り深い人なら、タイ・アンはどうなったかと尋ねるでしょうね。彼は警察の無意味な質問に耳を貸すこともなく、派手派手しい色に塗られたいかにも中国らしい棺に納められて、イエロー・フィッシュ号の快い船倉に運び込まれ、古い歴史を誇る儀礼の国中国に向けて永遠の旅に出ました」

Ⅱ

四カ月後、ファン・シェはイシドロ・パロディのもとを訪れた。彼は背が高く、でっぷり太っており、その丸い、無表情な顔はどこか神秘的な雰囲気をたたえていた。また、頭には黒い麦藁帽子をかぶり、白いトレンチコートを羽織っていた。

「友人のシュー・トゥンから聞いたところでは、何か私にお話があるとのことでしたので、やってまいりました」と彼は言った。

「ちょうどいいところにこられました」[*]とパロディが答えた。「よろしかったら、デアン・フーネス街の事件に関して私の知っていること、また知らないことをあなたにお話ししたいと思いましてね。今ここにはおられませんが、あなたと同国人のシュー・トゥン博士から私どもは長くて入り組んだ話を聞かせていただきました。そこから推測するに、一九二二年にひとりの異端者が、お国であがめられていて、さまざまな奇跡を起こす聖像から聖遺物を盗み出したそうですね。そのことを知った祭司たちは驚きあわて、ある人物にその異端者に懲罰を与え、聖遺物を取り戻してくるようにという使命を与えました。博士の言葉によると、タイ・アンが告白したところでは、その使命を帯びた人間とは自分のことだそうです。しかし、賢者マーリン[1]も言っているように、私は事実をしっかり見据えたいと思っております。使命を帯びたタイ・アンは名前を変え、住所を変えていましたし、たえず新聞に目を通してこの国の首都にやってくるすべての船の名前を調べ、下船したすべての中国人に目を光らせておりました。これは何かを探している人間がよくとる行動ですが、同時に何かから身を隠そうとする人間も同じことをします。ブエノスアイレスにやってきたのは、あなたの方が先で、その後タイ・アンがやってきました。ですから誰が考えても、聖遺物を盗んだのはあなたで、もう一人が跡を追ってきたことになります。しかし、博士の話によると、タイ・アンはウエハースを売ろうと考えてウルグアイに一年間滞在していたそうです。もうおわかりだと思いますが、先にアメリカにやってきたのはタイ・アンだったのです。

　では、私の推理をこれから話させていただきます。もしまちがえていれば、『兄弟、そこはまちがっている』と指摘して、誤りを正してください。聖遺物を盗んだのはタイ・アンで、密命を受けてこちらにこられたのはあなただと私は確信しています。そうでないと、話のつじつまが合わなくなるのです。

　ずっと以前からタイ・アンはあなたに捕まらないよう逃げ回っていたんですね、ファン・シェさん。彼がしょっちゅう名前と住まいを変えていたのはそのせいでしょう。しかし、ついに彼は逃げ回る生活に嫌気がさしました。そこで、あまりにも大胆なので、かえって賢明とも言える計画を思いつき、それを実行に移すことにしたのです。向こうみずにも彼はあなたを自分の家に住まわせることにしたのです。その家には愛人である中国人の女性とロシア系ユダヤ人の家具職人が一緒に暮らしていました。実は、その女性も聖遺物の宝石をねらっていました。彼女は自分ともよくおしゃべりをするユダヤ人と一緒に出かけるときは、実にいろいろなことを思いつくあの博士を見張り役につけました。博士は必要とあれば、平気でお尻の上に花瓶を載せて家具に化け

＊〔原注〕決闘はすでにはじまっており、読者は二人の好敵手が剣を交える音を聞いている。（ヘルバシオ・モンテネグロが欄外につけた注）
1　アーサー王伝説に登場する高徳の予言者、魔術師。

ることもやりかねないのです。ロシア系ユダヤ人はあちこちの出費がかさんで、とうとう文無しになってしまい、そこで家具工場に火をつけて保険金をせしめるという古くさい手に訴えることにしたのです。タイ・アンも同意したので、火事の時によく燃えるだろうというので二人して灯籠造りに精を出しました。その後、博士はトカゲのように柳の木にとりついたのですが、そこから二人がもっとよく燃えるようにと古新聞やカンナ屑を燃えさかる火の中に投げ入れているところを目にしたのです。あの火事の時に人々がどうしていたかを見ていくことにしましょう。マダム・シンは影のようにタイ・アンの後につき従っていましたが、実はあの男が隠し場所から宝石を取り出すのを今か今かと待ち受けていたのです。しかし、タイ・アンは素知らぬ顔をしていました。彼があなたを救い出そうとした理由は二つ考えられます。本当はあなたが宝石泥棒で、秘密を明かさないまま死なせるわけにはいかないというのがひとつですが、こちらはあまりにも単純な答えです。ありていに言いますと、タイ・アンはあなたに恩を売って、これ以上自分を追わないでくれという意味であなたを助けた、私はそう考えています」

「その通りです」とファン・シェは素直に認めた。「ですが、私はその手に乗りませんでした」

「第一の仮定は私も気に入らなかったのです」とパロディがつづけた。「万が一あなたが宝石泥棒だったとしても、あのような状況ですから、あなたが秘密を明かさずに死んでしまうかもしれないなどと考えるものはいないでしょう。それに、本当に危険が迫っていたら、あの博士が花瓶やそのほかのものを抱えて矢のように駆けつけていたでしょうしね。

次の日彼らは全員家を出て行き、あなただけがガラス製の片目のようにひとりきりになりました。タイ・アンはネミロフスキーと仲違いしているように見せかけていましたが、そこには理由が二つあったと考えています。自分はあのユダヤ人とつるんではいない、火をつけることにも反対したのだと思いこませようとしたというのがひとつ、もうひとつはあの女性を連れ去って、ユダヤ人との仲を裂こうとしたことです。その後、ユダヤ人がしつこく彼女に言い寄ったものですから、あんな大喧嘩になってしまったのです。

あなたは難問に直面しました。というのも、あの守護石ならどこにでも隠せるということです。一見したところ、あの家は疑わしくないように思われました。それには三つの理由があります。あなたをあの家に住まわせたこと、火事のあともひとりで住むことを許したこと、タイ・アン自身が家に火をつけたことの三つです。しかし、あの男はやりすぎたようです。というのも、そうする必要のないことまで疑わしくないと証明したわけですから、私があなただったら、まちがいなく疑ってかかりますね」

ファン・シェは立ち上がると、重々しい口調でこう言った。

「たしかに言われるとおりなのですが、あなたの知り得ないこともありますので、それについてお話ししましょう。彼らが家を出ていったとき、守護石はまちがいなくあの家のどこかに隠されていると私は確信したのです。ですが、探しませんでした。まず、わが国の領事に頼んで本国に送還してもらうことにしたんです。その話をシュー・トゥン博士にすると、予想通り彼はすぐさまタイ・アンに伝えました。私は家を出て、イエロー・フィッシュ号にトランクを積み込むと、家にとって返しました。そして、空き地に潜り込んで、そこに身を潜めたのです。しばらくすると、ネミロフスキーがやってきて、近所の人たちから私が家を出たという話を聞き出しました。その後、タイ・アンがやってきて、二人で捜すふりをしました。タイ・アンはマイプー街で家具の競売があるので、そちらに行かなければならないと彼に言い、そこで二人は別れたのですが、タイ・アンの言ったことは嘘だったんです。二、三分すると彼は舞い戻ってきました。例の小屋に入り、私が庭仕事をするときによく使っていた鋤*を持って出てきました。そして、月明かりの下で背中を丸め、柳の木の下を掘りはじめたのです。どれほどの時間そうして掘っていたのかはわかりませんが、やがて光り輝くものを掘り出しました。私はついに女神の守護石を目にしました。そこで、あの宝石泥棒に飛びかかると、懲罰を加えたのです。

　遅かれ早かれ自分が逮捕されることはわかっていました。ですが、守護石だけはどんなことがあっても守りぬかなければなりません。そこで、死者の口の中に押し込んだのです。あの守護石はいま祖国へ向かっていて、いずれ女神の神殿に戻されるはずです。仲間のものたちが死体を荼《だ》毘《び》に付したときに、見つけてくれるでしょう。

その後、新聞をひらいて、競売の記事が出ているところを探しました。マイプー街には家具の競売場が二、三カ所ありました。そのうちのひとつに顔を出し、十一時十五分前にヌエボ・インパルシアル・ホテルに宿をとったのです。

以上が私の話です。官憲の手に私を引き渡してもかまいませんよ」

「それは私のあずかり知らぬことです」とパロディが言った。「今どきの人は、何かといえば、政府に頼ろうとします。貧しくてお金がないと、政府に勤め口を探してくれと頼み、体の具合が悪くなると、病院に入れてくれと懇願し、人を殺すと、自分で罪の償いをするのではなく、政府に罰してくれと言うんですからね。私も政府のやっかいになっている身ですから、口幅ったいことを言えた義理ではないんですが、やはり足るを知るべきだと思っております」

「私もそう信じておりますよ、パロディさん」ファン・シェはゆっくりした口調でそう言った。「世界中の多くの人が今もその信念を守るために亡くなっています」

——プハート、一九四二年十月二十一日

＊〔原注〕牧歌的なタッチ。（ホセ・フォルメント本人のメモ）

年齢差はあるものの、ともに文学好きで気の合う二人が毎週のように顔を合わせ、食事をしながら文学談義に花を咲かせていたが、そのうち文芸雑誌を出してみようということになった。二人のうちのひとり、若い方の父親が大牧場主だったので、そこから資金援助を受けることにして、〈時期外れ《デスティエンポ》〉というおかしなタイトルの雑誌を出すことになった。その雑誌にはアルゼンチン駐在のメキシコ大使で、学匠詩人としても知られるアルフォンソ・レイエスや批評家、歴史学者として著名なペドロ・エンリーケス・ウレーニャ、若い世代の作家たちに大きな影響を与えた哲学者にして短編作家のマセドニオ・フェルナンデスなどが寄稿し、またカフカやコールドウェルの作品の翻訳も掲載されたが、残念ながら三号しかつづかなかった。

雑誌に資金援助をしたのが牧場主をしているビオイ＝カサーレスの父親の経営する乳製品の会社だったので、二人は父親が所有する別荘に一週間ばかり閉じこもり、会社が販売しているブルガリア風ヨーグルトの宣伝コピーを書くことにした。二人であれこれ知恵を絞りながら、ラ・マルトナ印のヨーグルトの効能を一見科学的に見えるように説明した宣伝コピーを書き上げた。その時に、共作で短編を書いてみたら面白いかもしれないという話が出る。学校の理事長をしているドイツ人のプラエトリウス博士という人物を創造し、温厚で知的なこの人物が実は殺人鬼で、自分の学校の子供たちを次々に殺して行くという推理小説仕立ての作品を書こうとしたが、これは実を結ばなかった。このときのアイデアが出発点になって、やがて二人は短編集を出すことになるが、それがここに紹介した『ドン・イシドロ・パロディ　六つの難事件』である。

ここにいう二人とはH・ブストス＝ドメック、つまりホルヘ・ルイス・ボルヘス（一八九九―一九八六）とアドルフォ・ビオイ＝カサーレス（一九一四―一九九九）である。ちなみに、ブストスというのはボルヘスの曾祖父の名で、ドメックの方はビオイ＝カサーレスの曾祖父の名である。ボルヘスは序文で、盲目という闇の中に閉じこめられた探偵マックス・カラドスにならって、牢に閉じこめられた探偵イシドロ・パロディを思いついたとほのめかしているが、パロディが以前理髪店を営んでいたという設定は、ひょっとするとボルヘスの愛読書のひとつ『千一夜物語』に収められている「床屋の物語」に登場する大変な博識家の床屋の影響かもしれない。

当時アルゼンチンでは、ラテンアメリカをはじめ欧米の思想、文学の紹介につとめたコスモポリタン的な雑誌〈スル〉が刊行されていた。そこの編集長をつとめていたのがアルゼンチンの文壇における女王的な存在のビクトリア・オカンポで、実を言うと、ボルヘスとビオイ＝カサーレスを最初に引き合わせたのが彼女だった。ビオイ＝カサーレスは幼い頃から文学にのめり込んでいて、十代ですでに本を書いていたが、両親はそんな息子のために文学上のいい師を紹介してもらいたいとビクトリア・オカンポに頼んだ。そこで彼女はボルヘスに白羽の矢を立てて引き合わせたのだが、それを機に二人は親交を結ぶようになり、以後ビオイ＝カサーレスはボルヘスの最良の協力者にして生涯の友になった。そのビクトリアがブストス＝ドメックの作品に目を留め、〈スル〉誌の一九四二年の一月号と三月号に「世界を支える十二宮」と「ゴリアドキンの夜」を掲載し、さらに同じ年にスル社から『ドン・イシドロ・パロディ　六つの難事件』というタイトルで単行本として出版した。この作品が生まれるきっかけになったのは、一九三六年に宣伝コピーを書くために別荘で過ごした一週間なのだが、その時のことを後にビオイ＝カサーレスは次のように回想している。

外はしんしんと冷え込んでいました。家の中は荒れ果てていたんですが、私たちは暖炉でユーカリの枝がぱちぱち音を立てて燃えている食堂から一歩も外に出ませんでした。あのパンフレットは大変いい勉強になりました。そうした文章を書くことによって、私は鍛えられ、より経験豊かな作家に生まれ変わったのです。ボルヘスとの共同作業をとおして私は何年もかかって身につけるはずのものを学び取りました。

この一文を見る限り、ボルヘスはヨーグルトの宣伝用のパンフレットだからといって少しも手を抜かず、文学者として楽しみながらも懸命になって宣伝コピーを書こうとしたようだが、そうした姿勢、つまりどのようなものであれ文章を書く場合に見せるボルヘスの真摯で真剣な態度が若いビオイ＝カサーレスに大きな影響を与えたにちがいない。一方、そのボルヘスはビオイ＝カサーレスとの交友についてこう語っている。

こういう場合、年上のものが師で、年下のものが弟子になるというのがふつうです。最初のうちはたしかにそうだったのですが、何年かして一緒に仕事をするようになると、ビオイが表立ってではありませんが、本当の意味で私の師になりました。……〈時期外れ《デスティエンポ》〉という雑誌を二人で出したものの三号までしかつづかず、共同して書いた映画のシナリオはどれも採用されませんでした。私は悲壮なもの、格言的な言い回し、バロック的なものが好きなのですが、ビオイはそんな私に、穏やかさと抑制のほうがより望ましいと感じさせてくれました。一般的な言い方をさせてもらえば、ビオイは私を徐々に古典主義へと導いてくれたのです。

ボルヘスはまたビクトリア・オカンポとの対談の中で、自分はもともと誰かと共同で作品を書こうと考えたことはなかったのだが、「ある朝、彼（ビオイ＝カサーレス）がひとつ試してみようじゃないかと言いだしたんです。彼の家へ行っていっしょに食事をしていたときのことでした。二時間ほど雑談をしているうちに、たちまち梗概ができあがったのです。私たちはそれを原稿にまとめる作業を始め、しばらくすると、まさにその朝が奇跡の朝であったことを感じたのです」（井上義一訳、『ユリイカ』一九八九年三月号所収）と述べている。

二人で書いた最初の作品『ドン・イシドロ・パロディ 六つの難事件』が誕生したこの〈奇跡の朝〉を機に、以後二人は共作でいくつかの作品を発表している。一九四六年には、H・ブストス＝ドメックの名前で『記憶に価するふたつの幻想』を出版する。ここには聖三位一体を目にして驚きのあまり死んでしまう少女の話と、大食家の夢である料理皿が果てしなく出てくる物語が収められている。また、同じ年にB・スアレス＝リンチのペンネーム（このBは、ボルヘスとビオイの頭文字のBを取ったもので、スアレスとリンチはそれぞれの曾祖父の名を借りてきたとのことである）で『死のための計画』を出版している。中編小説のこの作品にもイシドロ・パロディが登場し、一応推理小説という形を取っているものの、内容的には脱線逸脱があまりにも多すぎるうえに、ブエノスアイレス方言による饒舌な会話や登場人物の妙に気取った語りが頻出するのでまことに読みづらい。一九六七年には、邦訳の出ている『ブストス＝ドメックのクロニクル』（斎藤博士訳、国書刊行会）を発表する。芸術、文学、建築、衣裳などさまざまな分野において創造的活動を行っている人たちを、手の込んだ帰謬法《レドウクティオ・アド・アブスルドウム》の手法を用いて嘲笑した短編の収められているこの作品は、毒を含んだユーモアに浸されていて、随所に思わず笑ってしまう箇所が出てくるが、同時に芸術とは何かについて考えさせられる。その後、一九七五年に『ブストス＝ドメックの新しい短編』を発表するが、ここに収められているのは一九四〇年代から一九七二年までの間に書かれた雑多な内容の短編である。三十年近い年月の間に機会を見て書きつがれたこの短編集には、ロアルド・ダールを彷彿させるような不気味なユーモアをたたえた作品が収められている。

　彼らはまた、一九五五年に連名で映画のシナリオを二本書いているが、その一つが『ならず者』である。十九世紀末のアルゼンチンを舞台に、モラーレスという男気のあるナイフ使いを主人公にした物語で、恋あり、決闘あり、しかも悪人が企んだ陰謀にモラーレスと恋人が巻き込まれるといった波瀾万丈のストーリーが展開される。周知のように、ボルヘスは大変な映画好きで、三〇年代から四〇年代にかけて雑誌に映画時評を書いていた。中でもギャング映画がお気に入りで、初期のスタンバーグの映画を絶讃している。彼はそうしたギャングやならず者の世界のうちに、古代や中世の叙事詩、あるいは騎士道物語に登場する英雄たちの面影を見いだしていたのだろう。シナリオの序文で、アルゴ船の英雄たちやガラハッドの聖杯探求に言及しているのはそれ故である。もう一つの『信者たちの楽園』は二十世紀のアルゼンチンに生きる男女が思わぬことから、ギャングたちの抗争に巻き込まれて行くという、こちらも波乱に富んだ恋と冒険と探求のストーリーになっている。

以上がボルヘスとビオイ゠カサーレスが共著で書いた作品だが、ボルヘスはある対談でその時のことをこう語っている。

私たちの書くものが成功したときは、ビオイ゠カサーレス、あるいは私がひとりで書いたときのものとは全くちがうものが生まれてきます……。冗談までがちがったものになるのです。こうして私たち二人は一種の第三者を創造した……、つまり、そこから自分たちとは別人の第三者が生まれたわけです。

この一節を読んで、ぼくはなるほどと思った。というのも、今回訳を進めながら、何よりも文体がぼくの知っているボルヘスのそれとも、ビオイ゠カサーレスのそれとも全くちがうことに何度もとまどいを覚えたからだ。モリナリ、モンテネグロ、ボンファンティ、サバスターノ、シュー・トゥン博士といった人物たちが、アルゼンチンの卑語、俗語はもちろん、フランス語、ラテン語、英語を織り交ぜ、時には該博な知識をひけらかしながら饒舌このうえない口調で語る文章を訳しながら、いったいこのような語り口はどこから生まれてきたのだろうと不思議に思っていたのだが、先の一節に出会ってなるほどと納得がいった。ボルヘスとビオイ＝カサーレスがブストス＝ドメック、スアレス＝リンチの名で創作をするときは、おそらくいつもの自分自身から解放されて、伸びやかに、時には奔放に筆を走らせたにちがいない。時に饒舌すぎるのではと思える語り口は、まさしく二人が創造した第三者の語り口だったのである。ちなみに、このブストス＝ドメック、スアレス＝リンチという作家は実在の作家ではない、名前はあるが、実作者は存在しない、というのでアルゼンチンの文壇ではちょっとした騒ぎが持ち上がったと伝えられる。

『ドン・イシドロ・パロディ 六つの難事件』に収められている序文からもうかがえるように、ボルヘスとビオイ＝カサーレスは相当に年季の入った推理小説の愛読者で、彼らが『推理小説傑作選』というアンソロジーを編んだというのもうなずける。そう言えば、ビオイ＝カサーレスの『モレルの発明』（牛島信明、清水徹訳。水声社）や『脱獄計画』（鼓直、三好孝訳。現代企画室）といった小説も、実に手の込んだ推理小説としても読めるだろう。ボルヘスはあるところで、私は「死とコンパス」という推理小説を一編だけ書いたことがあると語っているが、たとえば「アベンハカーン・エル・ボハリー、おのれの迷宮に死す」や「八岐の園」なども推理小説仕立てになっているし、「エンマ・ツンツ」は完全犯罪を描いている。

ボルヘスが晩年に行った講演を集めた作品に『語るボルヘス』（岩波文庫）というのがあるが、その中に収められている「探偵小説」を開いてみると、まず探偵小説の創始者であるポーを持ち上げた後こう述べている。

この作家（チェスタトンを指す）は、ポーのそれをしのぐような作品はまだ書かれていないと言っていますが、私にはチェスタトンの方がすぐれているように思えてなりません。ポーは「赤死病の仮面」や「アモンティリャードの酒樽」といった純粋な幻想譚を書く一方、先に挙げた五編の探偵小説のような推理をテーマにした作品も残しています。しかし、チェスタトンの場合は少し事情を異にしています。彼の短編は一見幻想的に見えて、最終的に探偵小説としてのオチがちゃんとついているのです。

この一節からもうかがえるように、チェスタトンはボルヘスにとって推理小説の師表とも言える存在であった。その意味でチェスタトンが創造したブラウン神父を彷彿させる風貌を備えたイシドロ・パロディが、持ち前の鋭い心理的洞察力を駆使して、事件の背後にひそむ人間の悪意、欲望、名声欲、怨念、根深い復讐心、臆病者でなければ思いつかない自殺行為をえぐり出す一方、気高く英雄的な行為や人間の尊厳と誇りをも浮かび上がらせているのは当然のことと言えるだろう。それにしても、本書に収められている「ゴリアドキンの夜」の中でブラウン神父を国際強盗団の首領として登場させているのは、いかにもボルヘスとビオイ＝カサーレスらしい遊びと言える。

『ドン・イシドロ・パロディ 六つの難事件』には、チェスタトンのブラウン神父ものやそのほかの短編に見られるようなさまざまな仕掛けや意想外の結末が用意されている。また、意図的にそうしたと考えられるが、作品の中に何カ所か牢に閉じこめられた密室の探偵イシドロ・パロディの聞きちがい、あるいは記憶ちがいと思われるところがあるが、読者はお気づきだろうか。その一方で、多種多様な人物たちにも工夫が凝らされている。この作品にはアラブ人、亡命ロシア人、ユダヤ人、イタリア系の移民、中国人をはじめ、アルゼンチンの上流社会の人士、地方ボス、スラム街の住民などが次々に登場してくるが、そこには多国籍的でいくつもの顔を持つアルゼンチンの多様な相貌を浮かび上がらせようという意図が込められているにちがいない。そしてまた、そうした人物群を通してアルゼンチンの社会や政治、それを構成しているさまざまな階層の人間たちに対する痛烈な批判と揶揄が込められていることを見落としてはならない。

考えてみれば、推理小説というのは犯罪者があれこれ知恵を絞ってそれを隠蔽しようとする。一方、探偵はわずかばかりの手がかりをもとに自らの直感と知力、それに心理的な洞察力をもとに、犯人を暴き立てるという構成になっている。その意味では、チェスタトンも言っているように一種の謎解きにほかならない。基本的には犯人の仕掛けた謎を探偵が解明するという形をとるが、時にそれは作者と読者の間の謎解きゲームに変わることもある。チェスタトンが生み出した

ブラウン神父はアメリカ人のチェイス氏から、あなたの探偵術は「摩訶不思議の秘法」だというう
わさがあるのですが、本当にそうなのでしょうかと尋ねられて、実はこれまで犯罪を犯した人間は私だったのですという意外な返事をする。それを聞いて目を白黒させているチェイス氏に向かって、ブラウン神父はこう言う。

「犯行にあたって、私は綿密に計画をめぐらしました」ブラウン神父は続けた。「ああいったことが、まさにどのようにして起こるものなのか、どういう精神状態ならああしたことが実際にできるものなのかを考えぬきました。そして私の心が犯人の心とまったく同じになったと確信できるようになったとき、むろん、犯人が誰だか私にわかったのです」（チェスタトン『ブラウン神父の秘密』中村保男訳、創元推理文庫）

推理小説における犯罪事件は、そのほとんどが嫉妬、怨恨、憎悪、欲望、あるいは秘められた愛、献身といったきわめて人間的な感情が動機になっている。チェスタトンの作品のように幻想的な雰囲気をたたえている場合でも、それは変わることがない。その意味で犯罪というのは、まことに人間くさい行為である。人間が世俗的な感情に駆られておかす事件は、その意味でどこまでも現世的であり、人間的である。ただ、それを解明する探偵は時に超人的な叡知と直感、洞察

力に恵まれている。ボルヘスがビオイ＝カサーレスと共著で書いたこの推理小説にもまた、俗臭芬々たる人物たちが数多く登場してくるが、牢獄の探偵イシドロ・パロディだけはどこか超越的なところがある。

ここで作家ボルヘスに目を向けると、彼は『ブロディーの報告書』（鼓直訳、岩波文庫）の序文で、「長い年月、作者は二、三の主題にのみ心を奪われてきた。つまり、作者はしごく退屈な人間なのである」と述べている。一見特異な幻想と博識きわまりない知識を元に実に多様な世界を描いていたかに見えるボルヘスも、本当に心を惹かれていたのはほんのわずかばかりのストーリーであり、プロットだったのだろう。その視点に立って彼の作品を見渡してみると、細かな差異は別にして、大きく以下の三つに分けられるように思われる。(1)推理小説仕立ての作品。(2)ナイフ使い、ならず者を主人公にした作品。(3)聖なるもの、超越的なものをテーマにした作品。

(1)に属するものとしては、ここに訳出した『ドン・イシドロ・パロディ 六つの難事件』をはじめ、『不死の人』に収められている「八岐の園」「裏切り者と英雄のテーマ」「死とコンパス」、あるいは『エル・アレフ』に収められている「エンマ・ツンツ」「アベンハカーン・エル・ボハリー、おのれの迷宮に死す」などが挙げられる。

(2)に関しては、ボルヘスのエッセイ『エバリスト・カリエゴ』に収められている「決闘」をひもとくと、面白い記述が見られる。ボルヘスは、アルゼンチンとウルグアイの名高いナイフ使いやならず者にまつわるエピソードを紹介したあと、彼ら荒くれ男たちはひとつの宗教を創造したが、神話もあれば殉教者もいるその盲目的な宗教は、人を殺すことはもちろん、自ら死ぬこともまったく恐れない剛胆さを崇拝する厳格な宗教であると述べている。さらに彼は、世界と同じくらい古いこの宗教はさまざまな仕事に就いているアルゼンチンの荒くれ男たちによって再発見され、生きられたものであるとしたうえで、彼らを十二世紀の英雄叙事詩に登場する人物たちと同列において話を進めている。考えてみれば、十六世紀に入って植民地時代のはじまったアルゼンチンにはヨーロッパ的な意味での古代、中世の歴史（過去）が欠落しており、当然英雄叙事詩も存在しない。ボルヘスはあるエッセイで、古い歴史のあるあらゆる民族は国民叙事詩と呼びうるものを持っているが、アルゼンチンでそれにあたるものといえばホセ・エルナンデスの『マルティン・フィエロ』を挙げなくてはならないと述べている。しかし、大草原パンパに生きる自由人ガウチョ（アルゼンチンとウルグアイのカウボーイのこと）を主人公にした『マルティン・フィエロ』は一八七〇年代に書かれており、アルゼンチンをはじめとするラテンアメリカ諸国においては、インディオのそれを別にすれば、歴史（過去）が欠落していると改めて思わせられる。

スタンバーグの制作したアメリカのギャング映画に惹かれていたボルヘスはまた、ビオイ＝カサーレスと共作でナイフ使いを主人公にした映画のシナリオも書いているが、これらは『伝奇集』『エル・アレフ』『砂の本』などに収められている「結末」「南部」、あるいは「タデオ・イシドロ・クルスの生涯」「恵みの夜」といった作品、さらには『ブロディーの報告書』の中の多くの作品と同じ系譜に属するものである。つまり、ボルヘスにとって、そうした作品はヨーロッパ的な古代、中世の英雄叙事詩が欠けているアルゼンチンに英雄叙事詩、あるいは英雄物語をよみがえらせようとしたひとつの試みであるとも考えられる。つまり、ボルヘスは名誉、誇り、あるいは金銭といった聖杯をめぐる抗争、戦いに明け暮れ、あっけなく死んで行くギャングやならず者のうちに、古代の戦士や中世の騎士の残像を見いだしていた。つまり、彼にとってギャングやならず者、ナイフ使いの世界は古代、中世の英雄たちが剣を手に持って活躍した世界とどこか重なり合うところがあったのだろう。

欲望、嫉妬、羨望、怨恨、愚かしさが渦巻く現実世界を推理小説の中で描いたボルヘスは、ナイフ使い、ならず者の登場する短編において古代、中世の英雄叙事詩を現代によみがえらせた。そして、人知の及ばない聖なるもの、語り得ず、沈黙にゆだねるしかないものを「エル・アレフ」「神の書跡」「人智の思い及ばぬこと」といった作品のうちに暗示的な形で形象化した、と考えられる。以上のように、ボルヘスの作品を大きく三つに分けると、ここに紹介したビオイ＝カサーレスとの共作である『ドン・イシドロ・パロディ　六つの難事件』は、そうしたボルヘスの作品世界の中にあってきわめて人間くさく、しかも人知の及ぶ領域をあつかったものと考えることができるだろう。

*

これは Jorge Luis Borges, Adolfo Bioy Casares ; *Seis problemas para don Isidro Parodi*, 1942 の全訳である。翻訳にあたっては、Norman Thomas di Giovanni の英訳 Jorge Luis Borges, Adolfo Bioy Casares ; *Six Problems for Don Isidro Parodi* ; Penguin Books Ltd., 1981 を参照した。

訳ができあがるまでには、本当にいろいろな方々にご教示いただいた。いちいち名前を挙げないが、この場を借りてお礼を申し上げておきます。また、作中の「雄牛の神」は、訳に遅れが出そうになったので、神戸市外国語大学大学院博士課程の高岡麻衣さんにお手伝い願った。さらに、この作品を翻訳するようにと勧めてくださった岩波書店編集部の入谷芳孝氏には、できあがるまでに本当にいろいろとお世話になり、この場を借りてお礼を申し上げておきます。

二〇〇〇年七月二〇日

追記

イサベル・アジェンデの二作品に続いて、今回もフリーの編集者・藤原義也氏のお力添えで、ホルヘ・ルイス・ボルヘスとアドルフォ・ビオイ＝カサーレスの共作である探偵小説『ドン・イシドロ・パロディ　六つの難事件』が白水Uブックスに加えられることになった。

この話が決まったあと、せっかくの機会だからと思い、もう一度訳文と原文を突き合わせて手を入れることにしたが、結果的にはかなり手直しすることになった。訳者としては、そのことで作品が少しでも読みやすいものになっているようにと願っている。

収録作品原題

世界を支える十二宮　Las doce figuras del mundo
ゴリアドキンの夜　Las noches de Goliadkin
雄牛の神　El dios de los toros
サンジャコモの先見　Las previsiones de Sangiácomo
タデオ・リマルドの犠牲　La víctima de Tadeo Limardo
タイ・アンの長期にわたる探索　La prolongada búsqueda de Tai An

著者紹介

ホルヘ・ルイス・ボルヘス　Jorge Luis Borges

アルゼンチンの作家・詩人。1899年ブエノスアイレス生まれ。幼少より父親の蔵書を耽読、10代後半を過ごしたヨーロッパでは前衛的な芸術運動に触れる。1921年に帰国すると文学活動を開始し、第一詩集『ブエノスアイレスの熱狂』(23)を刊行、短篇集『汚辱の世界史』(35)、『伝奇集』(44)、『エル・アレフ』(49)、エッセー集『続審問』(52)などで世界的な評価を得た。H・ブストス＝ドメック名義でビオイ＝カサーレスと『イシドロ・パロディ 六つの難事件』(42)、『ブストス＝ドメックのクロニクル』(67)などを合作、探偵小説叢書やアンソロジーを共同編集している。1986年死去。

アドルフォ・ビオイ＝カサーレス　Adolfo Bioy-Casares

アルゼンチンの作家。1914年ブエノスアイレス生まれ。早くから創作を志し、17歳の時ボルヘスと知り合う。習作時代の後、1940年、ボルヘスの序文を付して出版された『モレルの発明』で作家としての地位を確立する。『脱獄計画』(45)、『英雄たちの夢』(54)、『豚の戦記』(69)、『日向で眠れ』(73)他の長篇に加え、幻想的な短篇の名手でもあった。1999年死去。

訳者略歴

木村榮一(きむら えいいち)

1943年、大阪府生まれ。神戸市外国語大学卒業。同大学名誉教授。著書に『ラテンアメリカ十大小説』(岩波新書)、『翻訳に遊ぶ』(岩波書店)、訳書にイサベル・アジェンデ『エバ・ルーナ』『エバ・ルーナのお話』(白水Uブックス)、J・L・ボルヘス『エル・アレフ』(平凡社)、マリオ・バルガス＝リョサ『緑の家』(岩波文庫)、ジェラルド・マーティン『ガブリエル・ガルシア＝マルケス　ある人生』(岩波書店)他多数。

企画編集＝藤原編集室

本書は2000年に岩波書店より刊行された。

白水uブックス　255

ドン・イシドロ・パロディ　六つの難事件

著　者　ホルヘ・ルイス・ボルヘス
　　　　アドルフォ・ビオイ＝カサーレス
訳　者©木村榮一
発行者　岩堀雅己
発行所　株式会社 白水社
東京都千代田区神田小川町 3-24
振替　00190-5-33228　〒 101-0052
電話（03）3291-7811（営業部）
　　（03）3291-7821（編集部）
www.hakusuisha.co.jp

2024 年 9 月 25 日　第 1 刷発行
2024 年 10 月 15 日　第 2 刷発行
本文印刷　株式会社精興社
表紙印刷　クリエイティブ弥那
製　　本　誠製本株式会社
Printed in Japan

ISBN978-4-560-07255-4

乱丁・落丁本は送料小社負担にてお取り替えいたします。